DUMONT

An einem Sommerabend im Jahr 1978 ist Hugues de Montalembert auf dem Heimweg zu seinem Apartment in New York. Als er dort ankommt, wird er von zwei Männern überfallen.
Er wehrt sich, woraufhin einer der Angreifer ihm Lösungsmittel ins Gesicht spritzt. Innerhalb weniger Stunden erblindet er vollständig.
Klug, direkt und sehr persönlich berichtet Hugues de Montalembert nicht bloß vom schrecklichen Ereignis dieser Nacht, sondern widmet sich auch der Zeit nach seiner Erblindung: Er beschreibt, wie er seinen Lebensmut wiederfand, seine Reisen um die Welt und wie er gelernt hat, ohne Augen zu sehen. Frei von Selbstmitleid oder Sentimentalität erzählt der Autor, wie er als vielversprechender Maler lernen musste, mit einem Blindenstock zu gehen.
Ob als philosophischer Text, Autobiografie oder Inspiration – ›Der Sinn des Lebens ist das Leben‹ schenkt einen neuen Blick auf unser Dasein.

Hugues de Montalembert, geboren in Frankreich, ist Maler und Fotograf. 1978 erblindete er vollständig nach einem Überfall in New York. Bisher veröffentlichte er den biographischen Roman ›Das geraubte Licht‹ (1987). Außerdem basiert der englische Dokumentarfilm ›Black Sun‹ (2005) auf seiner Geschichte. Hugues de Montalembert lebt in Paris.

Hugues
de Montalembert

DER SINN DES LEBENS IST DAS LEBEN

Meine Geschichte

Aus dem Englischen von
Anke Kreutzer und Eberhard Kreutzer

DUMONT

FSC
www.fsc.org
MIX
Papier aus verantwortungsvollen Quellen
FSC® C083411

Juni 2015
DuMont Buchverlag, Köln

Die amerikanische Originalausgabe erschien 2010 unter dem Titel ›Invisible‹ bei Atria Books, New York.
Für die deutsche Ausgabe hat der Autor sein Werk überarbeitet.

Umschlaggestaltung: Lübbeke Naumann Thoben, Köln
Umschlagabbildung: © plainpicture/Millennium/Miriam Reik
Gesetzt aus der Adobe Garamond
Druck und Verarbeitung: CPI books GmbH, Leck
Gedruckt auf säurefreiem und chlorfrei gebleichtem Papier
Printed in Germany
ISBN 978-3-8321-6324-2

www.dumont-buchverlag.de

Für Lin Utzon

DU LEBST IN EINER Großstadt wie New York.
Du liest Zeitung.
Du siehst fern.
Aber du kommst nie auf den Gedanken, dass dir so etwas passieren könnte.
Eines Abends ist es mir passiert.

Als ich in meine Wohnung am Washington Square zurückkam, wurde ich von zwei Männern überfallen. Vermutlich suchten sie nach Geld, um sich Drogen zu kaufen.
Als sie bemerkten, dass ich kein Bargeld im Haus hatte, wurde es richtig schlimm.
Von da an ging es nicht mehr um Geld – von da an ging es wohl ums Vergnügen.
Sie waren zu zweit. Ein sehr kräftiger, großer und ein kleinerer, schmächtiger Mann.
Ich bin mit einem Schürhaken auf den Großen losgegangen. Es gab einen Kamin und einen Schürhaken daneben.
Ich spürte, dass er gefährlich war. Er hatte ein Messer.
Auf den Kleinen habe ich nicht geachtet.
Der Kleine hatte eine Waffe in der Hosentasche.

Farblöser.
Das ist keine Säure, sondern eine Base.
Wenn man eine Base mit Wasser abspült, bekommt man sie nicht weg.
Sie frisst sich weiter ein.
Während ich mit dem Großen kämpfte, spritzte mir der Kleine mit voller Wucht das Lösungsmittel ins Gesicht.
Ich begriff, dass etwas ziemlich Ernstes passiert war.
Ich dachte, sie bringen mich um, und ich fing an zu schreien.
Als ich so laut schrie, bekamen sie es mit der Angst und liefen davon.
Ich rannte sofort unter die Dusche.
Doch ich merkte, wie mein Augenlicht schwand, es wurde schwächer und schwächer.
Ich rief einen Freund an, weil ich die Telefonnummer der Polizei nicht kannte.
Ich sagte, bitte schick die Polizei her, ich wurde überfallen.
Beim Wählen hatte ich kaum noch die Ziffern erkennen können.
Es wurde schon schwierig.
Die Polizei kam nach etwa einer halben Stunde.

Ich wurde in die Notaufnahme des nächsten Krankenhauses gebracht.
Sie versuchten es auszuwaschen, doch weil es sich um eine Base handelte, war nichts zu machen.

Ich merkte, dass ich immer schlechter sehen konnte.
Ich fragte den Arzt: Sagen Sie mir die Wahrheit, ist es ernst?
Er sagte: Es ist sehr ernst.
Ich begriff, dass ich wahrscheinlich mein Augenlicht verloren hatte.

AM NÄCHSTEN MORGEN wusste ich bereits, dass mich das Schicksal unwiderruflich ereilt hatte, *mein* Schicksal.
Am Morgen war ich vollständig erblindet.
Mir blieb nur eine Nacht, um diese drastische Wende in meinem Leben zu begreifen.
Und dann liegst du im Bett und musst dich mit dieser neuen Situation auseinandersetzen.
Mit dieser neuen Person.
Du warst einmal ein ganz und gar unabhängiger Mensch, der sehen konnte.
Ich war Maler und Filmemacher.
Mein ganzes Leben drehte sich ums Sehen.

ES HERRSCHTE KEINE vollkommene Dunkelheit, ich sah noch Licht.
Selbst mit geschlossenen Augen konnte ich durch die Lider sehen.
Goldenes Licht.
Und noch aus einem anderen Grund befand ich mich nicht in völliger Dunkelheit, was zunächst unglaublich verstörend war.
Mein Gehirn sehnte sich nach visuellen Eindrücken, und als es durch die Augen keine mehr bekam, brachte es seinerseits sehr intensive Bilder hervor.
Lebhafte Bilder.
Das ging so weit, dass ich mit jemandem sprach und plötzlich so etwas hatte wie eine Vision, die ganz und gar meinem Hirn entsprang, mir aber absolut real erschien.
Sehr starke Bilder, sehr irritierend.
So hatte ich zum Beispiel den Kopf eines Mannes in Marmor vor mir. Nur den Kopf und zwei weiße Augen, die Augäpfel aus weißem Marmor. Und plötzlich sah ich schwarze Blitze darauf niedergehen, als bildeten sich in diesen beiden weißen Augäpfeln die ersten Risse unter dem schwarzen Licht, bis sie zerbröckelten.

ICH SEHE DIE RISSE meiner eigenen Retina. Mein Gehirn sieht diese Risse und setzt sie in Bilder um.

DANN WIEDER STIEGEN sehr lebhafte, erotische Bilder in mir auf, was ziemlich stören konnte, wenn ich gerade mit jemandem redete und plötzlich diese überaus starken, erotischen Visionen dazwischenkamen.
Sehr schön, aber störend.
Und ich fragte mich: Wieso erotisch?

Ich denke, wenn ein Mensch dem Tod ins Auge sieht – und das war bei mir der Fall, da ich wirklich glaubte, sie würden mich töten, und da ich anschließend drei Monate im Bett lag, was eigentlich kein Leben ist –, dann reagiert der Körper mit einem sehr starken Sexualtrieb, mit ausgesprochen animalischen Instinkten, es sei denn, derjenige erleidet einen Nervenzusammenbruch.
Solange man noch Geschmack am Leben findet, hält die Begierde die Angst vor der Gefahr, die Angst vor dem Tod in Schach.
Das heißt nun nicht, dass man den Schwestern hinterherläuft, doch man versucht mit ihnen auf erotische Weise zu kommunizieren. Natürlich nicht mit allen Schwestern, weil nicht alle sexy sind. Doch wenn man sich zu einer hingezogen fühlt, dann wird man allerdings versuchen, ihr näherzukommen, oder aber man nutzt die Situation aus und

schläft am Ende mit mehr als einer Frau. Wenn man einen starken Überlebenswillen besitzt, wird man sexuell sehr aktiv, nur um gegen den Tod anzukämpfen.
Das mag seltsam erscheinen, aber Frauen haben offenbar ein Verständnis dafür und sie spüren es.
Ich nehme an, es gibt ein Gespür für erotisches Interesse.
Nach dieser Phase fasst man allmählich wieder Vertrauen zum Leben selbst. Man fängt ein neues Leben an und klammert sich nicht mehr so sehr an die erotische Beziehung.
Jedenfalls scheint mir eine solche Reaktion völlig normal zu sein. Einem Menschen, der erblindet oder einen anderen schweren Einschnitt in seinem Leben erfährt, ob physischer oder seelischer Natur, kann ich nur wünschen, dass er diesen Selbsterhaltungstrieb entwickelt. Auch wenn mir moralische Instanzen wie Kirchen oder dergleichen nicht beipflichten werden, ist dies nach meiner Überzeugung eine heilsame Reaktion.
Wenn ich auf jene Zeit in meinem Leben zurückblicke, glaube ich, dass es die Frauen waren, die mich damals vor einem Nervenzusammenbruch und vor der Verzweiflung gerettet haben.
Sie wissen mit dem Leben umzugehen, deshalb wissen sie auch, wie man Leben schenkt. Nach meiner Erblindung befand ich mich in einer Situation, in der ich mir selber das Leben schenken musste.

ICH SCHWEBE ZWISCHEN Tod und Geburt. Tot bin ich hinsichtlich meines früheren Lebens, in dieses neue Leben noch nicht hineingeboren. Das alles sind schmerzhafte Wehen, ich gebäre mich selbst.

MÄNNER STANDEN der Situation ein wenig linkisch gegenüber und wussten sich nicht zu helfen. Die Beziehungen zu meinen männlichen Freunden waren schwierig. Mit Frauen hatte ich es viel leichter. Sie reagierten nicht so verlegen.

ICH KANN NICHT MEHR, ich kann nicht mehr.
Im Krankenhaus taste ich nach der Klingel. Es vergehen neun Minuten, dann nähern sich schlurfende Schritte.
– Ja?
– Ich habe starke Schmerzen, geben Sie mir bitte eine Spritze.
– Die können Sie nicht regelmäßig bekommen, sonst werden Sie süchtig.
Dann wieder geben sie mir eine, ohne lange zu diskutieren. Alles entspannt sich, ich fühle mich gut, mir ist warm, ich strecke die Glieder aus, die Verspannungen im Nacken lösen sich. Ich werde den Mut haben, den ich brauche. Ich lächle, ich wünschte mir, es wäre jetzt jemand da, damit wir uns unterhalten könnten. Das Betäubungsmittel rieselt mir sanft durch die Adern, und ich überlasse mich ohne Angst oder Reue seiner wohltuenden Wirkung. Nehme mir in diesem Albtraum, aus dem es kein Entrinnen gibt, eine Auszeit. Die Musik in meinen Kopfhörern trägt mich in eine Welt der Empfindungen, in der es keine Landschaft gibt.
Wenn sie sich weigern, mir eine Spritze zu geben, sage ich nichts – teils aus Stolz, teils, weil ich neugierig bin, wie tief ich sinken werde. Ich horche auf das Getöse des Abgrunds,

ich rechne jeden Moment damit, dass kalte, blinde Ungeheuer auftauchen. Ich sinke. Der Druck steigt. Meine Lungen füllen sich nicht mehr mit Luft. Die Dunkelheit ist allumfassend. Wie eine Flüssigkeit, ich kann sie mit Händen greifen. Sie dringt mir in die Ohren, ich atme sie durch Mund und Nase ein. Jeden Moment wird die Nacht über mich hereinbrechen. Was hat dieser Kampf um Zuversicht für einen Sinn?

WENN ICH DIESE BILDER hervorbrachte, war mein Gehirn nach einer Weile vollkommen erschöpft und schaltete sich, wie ein Computer, einfach ab. Klinkte sich aus dem Leben aus.

Es war, als hätte man mir die inneren Augenlider abgerissen. Ich hatte keine Möglichkeit, mich vor dieser auslaugenden Konfrontation mit mir selbst abzuschotten.

Ich war in mir gefangen, im inneren Exil, erlag der Versuchung des Unsichtbaren.

JEDEN MORGEN ERWACHE ICH aus meinen Träumen, der einzigen Zeit, in der meine Sehkraft wieder intakt ist, und stelle mich erneut der enttäuschenden Wirklichkeit.

JEDEN MORGEN GLAUBTE ICH, diesmal würde es nicht so weit kommen.

Dann geschah es plötzlich, spätestens um halb elf. Es sog mich ins Dunkel herab.

Jeden Morgen konnte ich mich drei Stunden lang normal unterhalten.

Danach war ich außerstande zu kommunizieren.

Ich steckte in der Dunkelheit fest und war wie gelähmt.

Wenn es dunkel ist und man sich nicht bewegen kann, ist man praktisch gelähmt.

Ich lag auf dem Bett und war zu nichts imstande, so viel Dunkelheit verkraftete ich nicht.

Es war, wie in einen Topf mit dunklem Honig zu fallen.

Blindheit ist ein Monster. Nicht der Verlust des Augenlichts, der bedeutet nur die Einbuße einer physischen Funktion, sodass keine visuellen Eindrücke mehr zum Gehirn gelangen. Das Monster ist die psychische Blindheit, die dieser Verlust mit sich bringt. Dieses Biest musste jeden Morgen, sobald ich erwachte, gnadenlos gezähmt werden, damit es sich nicht über meinen Tag hermachte. Ein Kampf, um der Dunkelheit nicht zum Opfer zu fallen, um Licht wieder zu erschaffen, und Leben. Manchmal fühlte ich mich so kalt, so müde, so ausgeliefert.

JEDEN MORGEN ERWACHE ICH voller Energie, Optimismus und Vorfreude auf den beginnenden Tag, jeden Abend bleibt ein Gefühl der Niederlage. Tag für Tag eine Niederlage.

ALS ICH ENDLICH BEGRIFF, was da vor sich ging, sagte ich: Mach es wie die Tiere: warten, schlafen und nicht verzweifeln.

Wenn man Tiere beobachtet – ich bin auf dem Land groß geworden –, stellt man fest, dass sie sich ganz unauffällig verhalten, wenn sie sich verletzen. Sie verkriechen sich in eine Ecke und schlafen und warten, bis die Wunden heilen.

»Schlafe, warte, denk nicht nach und verzweifle nicht. Es kann nur besser werden.«

Gott sei Dank ist es besser geworden. Es wäre schrecklich gewesen, wenn nicht.

ICH MÖCHTE MICH nicht länger mit meinen Augen abgeben. Ich will nicht, dass mich irgendjemand darauf anspricht. Ich gebe die Verantwortung dafür ab, sie mit Salbe zu behandeln. Ich will nicht länger der Gärtner für diese toten Blumen sein. Die anderen sehen nur die geschlossenen Blütenblätter, ich dagegen weiß ganz genau, dass der Stempel tot ist.

Zwei Finger auf meiner Schulter und die Stimme von Dr. T:

– Ich muss mit Ihnen reden.

Ich bin über die Eindringlichkeit und Wärme überrascht, die er mir durch den Druck seiner Finger vermittelt, während sein Ton hingegen völlig nüchtern bleibt. Die Fingersprache hat sich im Lauf der letzten Tage zwischen uns eingespielt.

Er schiebt meinen Rollstuhl in sein Sprechzimmer.

Ich weiß schon, dass etwas nicht stimmt. Das Tier in mir kann es riechen. In ausdruckslosem Ton sagt er zu mir:

– Mit Ihren Augen sieht es nicht gut aus. Das Gewebe löst sich auf, und ich befürchte eine Perforation. Ich muss am linken Auge eine Ablation durchführen.

Was für ein Schlag. Ohne ganz zu begreifen, was das bedeutet, weiß ich, dass dieser Satz etwas Schreckliches ankündigt.

ICH BLIEB DREI MONATE im Krankenhaus.
Dabei ließ ich drei Operationen über mich ergehen, keine davon war erfolgreich.
Also fand ich mich drei Monate später draußen auf der Straße wieder, wo ich mich bei jemandem am Arm festhielt und panische Angst vor der Außenwelt hatte, vor der Straße, dem Lärm, vor allem.

ALS ICH AUS DEM KRANKENHAUS entlassen werde, sind meine Augen jeweils sechsfach genäht. Ich bin blind, behindert, des Lebens überdrüssig. Ich sage das nicht, um ein düsteres Bild zu malen, sondern versuche nur, so gut ich kann, die Angst und die psychischen Qualen von Menschen zu beschreiben, die wie ich im Innersten, im Lebenskern getroffen wurden.

Vor der Tür des Krankenhauses fühlen sich meine Beine an wie Watte, und ich bin schon jetzt erschöpft. Der Lärm der Großstadt überwältigt mich. Die Autos scheinen direkt auf mich zuzurasen. Unmöglich, mich in dieser Gegend zu orientieren, auch wenn ich sie bis ins kleinste Detail auswendig kenne: Greenwich Avenue, 11th Street, Christopher Street. Geometrische Linien und die Spitzen des Kompasses tanzen in meinem Kopf.
Ich komme nie wieder zurecht.

EIGENSTÄNDIGKEIT – sein Leben selbst meistern zu können – ist unverzichtbar. Abhängig zu sein, nicht der Kapitän auf meinem eigenen Schiff zu sein, darin liegt meine eigentliche Behinderung. Meine Unabhängigkeit ist in einem Käfig gefangen.

»Finde ich ins Leben zurück? Werde ich wieder Kapitän?«
Wenn man ins Leben zurückkehren kann, wenn es einem gelingt, weiter der Kapitän an Bord zu sein, dann ist das Leben fantastisch, dann ist es ein Abenteuer, dein persönliches, einzigartiges Abenteuer. Du tanzt mit dem Leben, du tanzt mit dem Universum.
»Kehre ins Leben zurück!« Am Anfang hält man das für unmöglich.
Man geht zum ersten Mal auf die Straße, man sieht nichts, man hört nur Chaos, und nichts ist strukturiert. Man kann sich nicht ins Chaos begeben. Man muss die Welt neu erschaffen, man muss das Chaos ordnen. Ich sage Ihnen, vergessen Sie die Bibel, es dauert länger als sieben Tage, um eine Welt zu erschaffen.

Man wird vermutlich zu einem Computer, der unversehens Milliarden winziger Bits an Informationen speichert.

Und am Ende setzt das Gehirn daraus ein visuelles Bild zusammen.
Zuerst nicht besonders präzise, sondern eher diffus, doch dann wird es klar.
Das ist wohl auch der Grund, weshalb es für mich nicht so schwierig war, mich darauf einzustellen, dass ich nicht sehen kann: Mein Gehirn war visuell gut geschult. Es brachte automatisch die ganze Zeit Bilder hervor.
Bilder wie in einem Film.
Ich drehte Filme im Kopf.
Als ich blind wurde, habe ich weiterhin gesehen, nur dass ich jetzt die ganze Arbeit selber machen musste, und das hat mich erschöpft … unglaublich erschöpft. Doch nach und nach strengte es mich nicht mehr so an.

ALS ICH IM KRANKENHAUSBETT LAG, habe ich mich gefragt: Wie vielen Blinden bist du in den fünfunddreißig Jahren deines Lebens begegnet?
Einen habe ich kennengelernt, einen strammen Burschen in Indonesien, der ganz allein, aus eigener Manneskraft, eine Insel an der Küste von Sumbawa bevölkert hatte, auf der ich ein, zwei Monate verbrachte. Ein ziemlich außergewöhnlicher Mann, der mit etwa sechzig erblindet war.
Einen anderen lernte ich in Benin kennen, eine Art Voodoo-Priester, der mit Vögeln sprechen konnte, weshalb ich ihn gefilmt habe. Das waren mehr oder weniger flüchtige Begegnungen.
Noch nie hatte ich Blinde in meinem Bekanntenkreis gehabt.
Also fragte ich mich: Wo stecken die?
Irgendwo muss es eine Grube geben, in der man sie sauber im Namen der Gesellschaft entsorgt.
Da will ich nicht rein.

ALS MIR DAS ZUSTIESS, als ich überfallen wurde und mich danach im Krankenhaus wiederfand, habe ich als Erstes gesagt, bitte kein Wort zu meiner Familie, meiner Freundin und anderen, die mir besonders nahe stehen.
Weil ich allein damit fertig werden muss, weil ich sonst noch meine Familie, meine Freundin und wer weiß wen trösten muss.
Gebt mir ein paar Tage oder Wochen, damit ich zuerst selber damit fertig werden kann.
Doch dann erfuhr es meine Familie doch.
Jemand rief sie hinter meinem Rücken an.
Meine Mutter sagte, sie würde nach New York kommen, und ich sagte – bitte nicht.
Das wäre für mich sehr schwierig gewesen – meine Mutter hätte geweint und ich hätte sie trösten müssen und so weiter und so fort.
Wer will schon einem Menschen, den er liebt, Kummer bereiten? Ich bin kein Erlöser, deshalb wüsste ich nicht, weshalb ich meiner Mutter einen solchen Stich ins Herz versetzen sollte, wie es auf den Madonnenbildnissen in der Dorfkirche zu sehen ist.
Ich sagte: Bei mir ist alles bestens, mach dir keine Sorgen.

Wird man nur ordentlich von der Gesellschaft, von der Familie geschützt, findet man sich in dieser großartigen Grube wieder, von der ich sprach.

DIE EIGENTLICHE BLINDHEIT ist Angst.
Wenn man sich nicht kopfüber ins Geschehen stürzt, wenn man nicht lebendig und wach und neugierig bleibt und das Leben nicht unvoreingenommen genießt, dann liegt es an der Angst.
Lebensangst ist der Hauptfeind der Blinden.

Um nicht in die Grube zu fallen, habe ich mich gezwungen, natürlich aufzutreten und nicht wie ein Blinder.

ICH HABE ANGST DAVOR, anderen Angst zu machen. Ich muss verstehen, wie mich andere sehen.

MAN DARF SICH NICHT wie ein Blinder verhalten. Man muss einfach auftreten wie jeder normale Mensch.
Besonders Menschen, die schon blind geboren wurden, aber auch solche, die durch einen Unfall oder eine Krankheit erblindet sind, sehen ihren Gesprächspartner oft nicht an. Du blickst ihn mit den Ohren an, weil du ihm nicht wie andere von den Lippen lesen kannst. Wenn ich den Kopf auf eine bestimmte Art neige, kann ich dir mit den Ohren von den Lippen lesen. Man sieht viele Blinde, die beim Gehen oder im Gespräch den Kopf entweder nach oben oder nach unten halten. Stattdessen kann man sich ganz normal verhalten und den Blick auf sein Gegenüber richten. Das mag vielleicht oberflächlich klingen, ist aber tatsächlich sehr wichtig, denn wenn man sich auf diese Weise verhält, baut man mit dem Gesprächspartner eine normale Beziehung auf.
Seltsamerweise lernt man das nicht im Rehazentrum.

ICH HABE GESTAUNT, wie viele Menschen zu mir ins Krankenzimmer kamen – Leute, die ich nicht kannte, Schwestern, Ärzte, anderes Personal, Patienten, und sie haben mir die persönlichsten Dinge aus ihrem Leben erzählt. Irgendwann hat mich dieses Phänomen ein wenig irritiert. Ich vertraute mein Unbehagen einem Arzt an. Er lachte nur und sagte:
»Was meinen Sie wohl, wieso Dr. Freud *hinter* der Couch gesessen hat?«

Die Tatsache, dass man sie nicht sieht, hat für viele Menschen etwas Befreiendes.
In der katholischen Kirche haben sie diese kleinen Kästen, in denen man seine Beichte ablegt, es ist sehr dunkel, man kann den Priester nicht sehen, und man hofft, dass er einen seinerseits auch nicht sieht. Folglich hat man keine Hemmungen, seine Sünden zu beichten.
Aus demselben Grund reden viele Paare im Auto, wo sie sich nicht in die Augen sehen müssen.

SPÄTABENDS ENTDECKE ICH, dank meiner Schlaflosigkeit, besondere Radioprogramme. Ganz einfach ein Studio mit Höreranrufen. Manchmal behandelt die Sendung ein spezielles Thema, und sie wird überall in der weiteren Umgebung gehört: New York, New Jersey und Connecticut. Es kann jeder anrufen, der will. Alles ist anonym, die Leute können ihre Beichte ablegen, ohne dass jemand weiß, wer sie sind. Eines Nachts ist das Thema beispielsweise Cruising, das Spazierenfahren durch die Straßen. Auf die Frage »Was ist Ihr größter Vorzug?« antworten Frauen wie Männer: »Die Augen.« Blicke, die sich begegnen. Mit den Augen überwindet man also die Einsamkeit.

WENN MAN EINE FRAU LIEBT und außerstande ist, ihr in die Augen zu schauen, fehlt etwas.
Alles Übrige, ihre Schönheit, die Form ihres Körpers, das alles kann man sehen – aber den Ausdruck in ihren Augen, den wird man niemals berühren können.
Für manche Menschen ist das unerträglich. In der Liebe kann es unerträglich sein, nicht zu sehen oder nicht gesehen zu werden.
Wie oft ist man die Straße entlanggelaufen oder mit der U-Bahn gefahren, hat mit jemandem Blicke gewechselt, und irgendetwas ist passiert.
Vielleicht verändert das sogar dein Leben.

In Dänemark habe ich einmal eine Frau getroffen.
Sie fuhr in einem Regionalzug zwischen Helsingør und Kopenhagen.
Ihr gegenüber saß ein Mann, der sie einfach nur ansah. Nach zehn Minuten sagte er: »Ich liebe Sie, Sie sind die Frau meines Lebens.«
Die beiden sind jetzt seit fünfzehn Jahren sehr glücklich verheiratet.

MIT MEINEM AUGENLICHT habe ich auch viele Freunde verloren.
Meine damalige Freundin weigerte sich, mich zu besuchen.
Manche Menschen kommen eben einfach nicht damit zurecht.
Doch ich dachte nicht allzu viel darüber nach.
Ich war viel zu sehr mit meinem Kampf darum beschäftigt, wieder ins Leben zurückzufinden, als darüber ins Grübeln zu geraten. Es hat mich nicht deprimiert, ich war anderweitig beschäftigt.
Ich hatte einen sehr guten Freund, der nicht ins Krankenhaus kommen konnte. Er sagte: Ich werde dich besuchen – aber hinterher, wenn du entlassen wurdest.
Die Menschen mögen keine Tragödien.

EIN ARZT KOMMT mich regelmäßig besuchen. Er ist Krebsspezialist. Er weigert sich, Platz zu nehmen, und sagt keinen Ton. Ich fühle mich beobachtet, was mir unangenehm ist. Heute hat er sein Schweigen gebrochen und gesagt:
– Ich fände es schrecklich, wenn mein Leben in einer Tragödie enden würde, schließlich habe ich nur eins.
– Ich auch, pflichtet eine Schwester ihm bei.
Ich schweige, denn sie haben ja recht. Aber es geht um mein Leben, und auch wenn ich blind bin, ich liebe mein Leben.

ICH HABE SEHR SCHNELL BEGRIFFEN, dass ich mich besser niemals als tragischen Fall präsentiere; ansonsten wird man isoliert.

DIE ÄRZTE HABEN MIR VORAUSGESAGT, ich würde einen Nervenzusammenbruch erleiden.
Der Nervenzusammenbruch ist bis heute ausgeblieben.
Ich fragte sie: Was halten Sie von einem Reha-Aufenthalt?
Sie sagten: Das ist noch viel zu früh.
Ich fand es kein bisschen zu früh, sondern hatte eher das Gefühl, wenn ich noch länger wartete, würde ich Depressionen bekommen und irgendwo in einer Ecke verrotten.

MEIN KÖRPER SCHEINT aus dem Tritt zu sein, meine Gelenke sind steif. »Du musst diesem Verfall Einhalt gebieten, ruf beim Rehazentrum an!«
– Hallo, Rehazentrum Lighthouse. Guten Tag!
Ich erkläre ihnen mein Anliegen, ich trage meine Bitte vor; sie stellen mich zu einer anderen Abteilung durch.
– Wir schicken in ein paar Tagen jemanden vorbei, um Sie einzustufen.

ALS ICH DIE ERSTE NACHT alleine vor mir hatte, stand ich lange reglos da, die Zehen in den Teppich gebohrt, den Kopf an die Wand gelehnt, und horchte auf die wachsende Panik. Eine Panik, der ich mit all meiner Willenskraft nur wenig entgegenzusetzen hatte. Ich spürte, dass bei der kleinsten Bewegung der Damm hätte brechen können und sich dieses Etwas in mir, das ich nicht einmal näher zu definieren wagte, wie eine Horde von dreißigtausend Barbaren im gestreckten Galopp auf mich stürzen würde, um mich zu vernichten. Ich hörte die Geräusche meines Körpers, mein Schlucken, das Blut in meinen Adern, dann nach und nach auch die Laute der Stadt, die durchs Fenster hereindrangen, die Sirenen bei einem nahe gelegenen Krankenhaus, all die Gewalt in New York, die mich einmal fasziniert hatte, so wie die Einladung zu einer Höllenfahrt.

Welchen Sinn sollte ich in dem, was mir zugestoßen war, sehen? Die Frage ließ mich nicht mehr los. Falls es keinen Sinn hatte, dann war das schrecklich, denn eine schlimmere Strafe kann man sich nicht vorstellen. Was für eine Qual, ein Vierundzwanzigstundentag im Kampf gegen die Angst. Mein Mut überraschte mich selbst, dabei war es eigentlich nicht mein Mut, sondern der dieser Gattung Mensch.

Ich habe eine Kraft in mir, die nicht mir gehört, sondern allen. Genauso habe ich meine Schwäche, meine Neurosen und meinen Überdruss nicht mir zuzuschreiben, auch nicht meine Verzweiflung, die immer in der Nähe lauert. Manchmal weiß ich nicht einmal, ob ich nur vorgebe, der zu sein, der ich bin, oder ob ich es wirklich bin.

DREI TAGE SPÄTER KLINGELT Mrs. Finklestein, eine Mobilitäts- und Orientierungstrainerin, an meiner Tür. Sie hat einen Klappstock mitgebracht, und wir gehen auf die Straße hinunter.

– Versuchen Sie, alleine zu gehen.

Vom Getöse des in beide Richtungen laufenden Verkehrs, der mir auf der 86. Straße entgegenschlägt, wird mir fast schwindelig, und instinktiv laufe ich auf die Gebäude zu, um der Gefahr auszuweichen. »Gütiger Himmel, wie soll ein Mensch alleine irgendwo langlaufen, ohne zu sehen?« Ich habe Angst.

– Nehmen Sie meinen Arm.

Wir gehen los. Ich kann hören, dass wir am Ende der Gebäudezeile sind. Die Sonne scheint mir so erbarmungslos ins Gesicht, dass ich im Licht zu schweben scheine. Wir sind gerade aus der Schattenseite der 86. Straße getreten. Ich habe völlig die Orientierung verloren. Durch meine festgenähten Augenlider kann ich sehen. Wenn ich den Schatten meiner Hand zwischen mir und der Sonne sehe, mag das nicht viel sein, aber es freut mich, auch wenn ich mir zugleich der Absurdität meiner Lage bewusst bin. Es ist so, als läge zwischen mir und der Welt nur ein dünnes Blatt Zigarettenpapier, das sehr leicht zu zerreißen wäre.

Ich horche in die riesige Schlucht der Madison Avenue hinein.
– Wo sind wir?, fragt sie mich, um mich auf die Probe zu stellen.
– An der nordöstlichen Ecke Madison, 86.
– Nein, wir sind an der südwestlichen Ecke Park Avenue, 86.
Ich verstehe das nicht und gehe in Gedanken noch einmal den Weg zurück, auf dem wir gekommen sind. Ich hatte einfach angenommen, dass sich mein Wohnblock an der Nordseite befindet, dabei liegt er an der Südseite. Ich werde mehrere Wochen brauchen, um diesen Fehler aus meinem Gehirn zu löschen. Wenn ich ehrlich bin, ist es mir nie ganz gelungen. Und so ist mir etwas bewusst geworden, das noch oft geschehen wird: Jeder Anhaltspunkt für meine Orientierung ist mir wie ein Schriftzeichen unauslöschlich ins Gedächtnis eingegraben. Das kommt mir insofern zugute, als ich in der Lage bin, mir einen Ort, ein Haus, eine Wohnung, eine Wegstrecke ein für alle Mal zu merken. Selbst nach langer Zeit finde ich, ohne nachzudenken, wieder hin. Wenn ich andererseits aus Unachtsamkeit einen Fehler mache, werde ich ihn endlos wiederholen.
– Woran hätten Sie vielleicht erkennen können, dass Sie sich geirrt haben?
Es ist wie ein Spiel – ich merke, dass es meinen Verstand anregt.

– Ich höre, dass diese Straße viel breiter als die Madison ist und der Verkehr in beide Richtungen fließt, während die Madison eine Einbahnstraße ist.
– Könnten Sie mir sagen, ob die Ampel auf Rot, Gelb oder Grün steht?
Kinderspiel! Ich höre genau hin. Der Fahrzeugstrom vor mir kommt plötzlich zum Stillstand, dann brausen die Autos links von mir in östlicher Richtung auf der 86. los.
– Rot auf der Park Avenue, grün auf der 86. Straße.
Wir warten noch mehrere Ampelwechsel ab, und ich kann sie mühelos erkennen.
– Auf diese Weise können Sie den richtigen Moment abpassen, um die Straße zu überqueren.
Wir laufen einmal um den Block.
– Wo sind wir?
– Nordostecke 85., Madison.
– Halten Sie sich an das Geräusch der Autoschlangen. Danach müssen Sie sich richten, um geradeaus zu gehen.
Ich horche, doch ich begreife nicht, wie mir dieser chaotische Lärm dabei helfen soll, geradeaus zu gehen. Diese Geräuschkulisse hat für mich eher etwas von einem Tintenklecks als von einer geraden Linie, und außerdem habe ich jetzt nur noch den Wunsch, zu Hause, in der Stille meiner Wohnung, weit weg von Mrs Finklesteins professioneller Stimme zu sein.
– Sie müssten das eigentlich schnell hinbekommen, sagt sie.

UND SO HABE ICH MIR Zugang zu diesem Rehazentrum verschafft.
Es lag in Manhattan und nannte sich Lighthouse.
Ungefähr anderthalb Jahre lang arbeitete ich sehr, sehr hart daran, mir ein Stück Selbstständigkeit zurückzuerobern.
Das war mein Ziel: unabhängig zu werden.
Also lernte ich zu kochen, einen Knopf anzunähen und was sonst noch alles zu einem eigenständigen Leben gehört.
Vor allem aber, ohne Hilfe zu laufen.
Es ist ein Lernprozess ohne Liebe, von Liebe wird einem sogar abgeraten, da sie die Rehabilitation erschweren könnte. Es ist eine sehr trockene, mühselige Angelegenheit.
Es ist ein neues Leben, eine Art Reinkarnation.

MAN MUSS WIE EIN KLEINES KIND, aber ohne die Hilfe der Mutter alles noch einmal ganz neu lernen. Man muss laufen lernen und lernen, unabhängig zu sein.

ALS ERSTES BRACHTEN SIE MIR BEI, im Gebäude des Rehazentrums durch die Flure zu laufen, in den Fahrstuhl zu steigen.

Das lernt man ziemlich schnell.

Dann testen sie einen, um zu sehen, welche Fähigkeiten man hat.

Ich erinnere mich an einen Flur. Es war ein sehr langer, breiter Flur, und sie baten mich, vom einen Ende des Flurs zum anderen zu gehen.

In der Mitte blieb ich stehen, und sie fragten: Wieso sind Sie stehen geblieben?

Ich sagte: Weil vor mir ein Hindernis ist.

Und sie meinten: Ja, was für eins?

Ich sagte: Keine Ahnung; normalerweise steht da nichts im Weg.

Ich hatte irgendwie das Gefühl, dass ich vielleicht links oder rechts daran vorbeigehen könnte.

Ich schnippte mit den Fingern und sagte, ich könnte darunter hindurchkriechen.

Sie sagten: Es ist eine Schiefertafel, die wir auf einem Dreifuß mitten in den Flur gestellt haben, um festzustellen, ob Sie etwas merken.

Dies bedeutete, dass bei mir ein Sinn recht gut ausgeprägt war, den sie als »Passiv-Sonar« bezeichnen und der genau der Echo-Ortung einer Fledermaus entspricht. Man empfängt die Wellen einer Wand oder eines Hindernisses und ist – falls man diese Gabe besitzt – besser in der Lage, Gefahren oder Hindernissen auszuweichen.
Ich war sehr froh, das zu wissen. Dabei spürte ich instinktiv, dass ich ständig Gebrauch davon machte. Das entwickelt sich mit der Zeit, aber zunächst einmal hat man es, oder man hat es nicht.
Das Laufen lernte ich mit einer jungen Frau, die im Lighthouse arbeitete. Sie brachte es mir bei, doch ich kam nur mühsam voran.

SEIT ZWEI MONATEN bin ich im Rehazentrum und mache nur langsam Fortschritte. Trotz meines ausgezeichneten Sonars, wie sie das nennen, was mir dabei hilft, Hindernisse zu erkennen, übe ich immer noch auf dem fünften Stock des Gebäudes. Lesley, die Mobilitätstrainerin, der ich zugeteilt bin, bringt mir bei, wie ich mit meinem Stock gleichmäßige Bögen beschreibe. Wenn ich mit dem rechten Fuß vortrete, berührt der Stock den Boden links von mir, setze ich den linken Fuß auf, bewege ich den Stock, bis er rechts von mir auftrifft. Ob ich in einer geraden Linie laufe, hängt davon ab, wie gleichmäßig meine Bögen sind.

ES IST EINE ANDERE REALITÄT, eine andere Dimension. Es geht darum, auf die Wände der Gebäude zu horchen, man hört, ob auf der Straße ein Wagen vorbeifährt. Man bekommt dadurch Parallelen an die Hand und bewegt sich zwischen diesen gedachten Linien.
Im Wesentlichen ist es eine sehr abstrakte Welt aus Geräuschen. Und man muss lernen, die Füße wie Hände zu benutzen. Ich trug Sandschuhe mit sehr dünnen Sohlen. Ich probierte wirklich alles aus – alles, was ich brauchte, um ins Leben zurückzukehren, denn ich wusste, es würde nicht leicht.

Also arbeitete ich jeden Tag für meine Freiheit, aber ich musste die ganze Zeit daran denken, dass ich kein Leben hatte.
Dabei ging jeden Morgen die Sonne auf, und im Radio hieß es: »Heute schönes Wetter bei klarer Sicht.« Schön wär's.

EINIGE LEUTE SEHEN IN DEM, was mir zugestoßen ist, einen Sinn.
Ein Lehrer der Transzendentalen Meditation sagt zu mir: »Es ist ein Segen von Gott!«
»Nein, beleidigen Sie Gott nicht!«
Ich umklammere meinen Stock und hätte nicht übel Lust, ihm damit eins überzuziehen.
Bei einem Vortrag im Lighthouse erklärt jemand, der durch einen Unfall erblindet ist: »Seit ich mein Augenlicht verloren habe, bin ich ein viel besserer Mensch geworden.«
»Hacken Sie sich die Beine ab, und Sie werden noch viel besser!«, rufe ich ihm von meinem Platz aus zu.

Der Einzige, der lacht, ist ein blinder Hindu, der kürzlich von Bombay hierhergekommen ist. Alle anderen glauben, ich hätte Probleme. Lachend verlasse ich zusammen mit Jet, dem Hindu, den Raum.

Eines Morgens lasse ich beim Duschen die Seife fallen, und ohne nachzudenken bücke ich mich danach. Einer der Wasserhähne in der Wand trifft mein linkes, das anfälligere Auge. Zwei Nähte gehen auf.

Das Auge ist mehr oder weniger in Ordnung, doch eine weitere Operation ist nötig.
In meinem Krankenhauszimmer lerne ich einen Mann kennen, dem der Augenbrauenbogen und die Nase gebrochen wurden, als ihm ein Passant einen Faustschlag mitten ins Gesicht versetzte.

»Ich wohne in New Jersey«, sagte er, »aber meine Frau und ich gehen jedes Jahr an unserem Hochzeitstag in einem Club auf der Sixth Avenue tanzen. Eigentlich nichts Besonderes, nichts weiter als ein kleines Lokal mit guter Musik. Und ist das zu fassen? Wir kommen so um Mitternacht da raus, und dieser Kerl schlägt mir direkt vor dem Club mit der Faust ins Gesicht und haut ab. Scheiße! Er ist nicht mal stehen geblieben, und es hat auch niemand versucht ihn aufzuhalten.«
»Wirklich Pech«, sage ich.
»Überhaupt nicht. Ganz im Gegenteil! Die drei Wochen, die ich hier gelegen habe, waren die beste Zeit meines Lebens. Die Schwestern haben sich fantastisch um mich gekümmert, sie verwöhnen mich, und alle lassen mich in Frieden. Wissen Sie, ich habe achtunddreißig Jahre in einer Bank gearbeitet. Nicht als Direktor oder so was, nein, als ganz normaler kleiner Angestellter. Dann war es Zeit, in Pension zu gehen. Die Kinder waren längst aus dem Haus, und ich hab mich daheim zu Tode gelangweilt. Das Scheiß-Haus, der Scheiß-Hund und die Scheiß-Frau!«

Irgendwann am Nachmittag kam seine Frau, um ihn abzuholen. Es war sein letzter Tag im Krankenhaus.

»Hallo, hallo, Schatz. Wie froh du sein musst, endlich nach Hause zu kommen! Du solltest mal den Hund sehen! Er springt durchs ganze Haus, er weiß, dass du heute heimkommst ...«
Im Flüsterton sagt der Mann zu mir, »Sehen Sie?«

MÄNNER GLAUBEN OFT, ihr individuelles Schicksal sei alles.
Was für ein Irrtum!
Es genügt, das Unsichtbare zu betrachten, um zu begreifen, wie viel es gibt, das bedeutender ist als unser Schicksal.
Ja, mach die Augen zu! Du wirst sehen, was das Licht alles unsichtbar werden lässt.

Du wirst den kleinen Schatten im Schatten sehen.
Du wirst die Handschrift aus dem Jenseits erkennen.
Lausche auf diese Quelle – siehst du nicht jeden winzigen Wassertropfen, der im Dunkeln glitzert?
Da findest du die Bedeutung.

BLINDE SIND WAHRSCHEINLICH leicht versucht zu glauben, ihre Behinderung versetze sie automatisch auf eine höhere spirituelle Ebene. Oft werden sie darin von den Menschen in ihrer Umgebung unterstützt. Offen gesagt, weigere ich mich, bei dieser Farce mitzuspielen. Priester reden mit mir, und ich höre eine Art Komplizenschaft heraus, die ihnen ganz selbstverständlich über die Lippen kommt, etwas, das mit dem Leiden Christi am Kreuz zu tun hat, Jesus und ich, unsere gemeinsame Kreuzigung. Was für eine Hochstapelei! Ich will nicht abheben, sondern auf dem Teppich bleiben. Der Verlust der Sehkraft ist eine physische Beeinträchtigung, kein Zustand der Gnade oder ein Ereignis von spiritueller Reichweite.

In meinem tiefsten Innern habe ich den Verdacht, dass das alles überhaupt keinen Sinn hat. Der Gedanke setzt sich immer mehr in mir fest, er beruhigt und quält mich zugleich. Und schließlich bringt er mich zum Lachen – Sinn ist etwas, das unser Fassungsvermögen übersteigt.

ABER ICH HALTE DEN MUND, ich will nicht von meinem Stamm verstoßen werden. Der Mensch ist nicht gern allein. In der Gruppe fühlt er sich stärker. Und wie jeder andere auch habe ich Angst vor Nächten draußen in der Steppe ohne ein schützendes Dach über dem Kopf und eine zärtliche Umarmung.

NACHDEM ICH SIEBEN MONATE Training hinter mir hatte, wollte ich aus persönlichen Gründen jemanden mitten in der Nacht besuchen, und ich sagte mir: Mit Sicherheit kannst du allein die Straße entlanggehen.
Ich wartete, bis es um drei Uhr morgens sehr, sehr still in der Stadt wurde und man jedes Geräusch nutzen konnte.

Die Nacht ist warm; sie berührt mein Gesicht und meine Hände. Ich stehe eine Weile still da und strecke dabei meinen Glasfaserstock wie ein Florett aus, um das Duell mit der Dunkelheit aufzunehmen.
Reglos stelle ich ein Vakuum in mir her, werde zum nachtaktiven Tier, das mit der Dunkelheit verschmilzt. Aus der benachbarten Garage hallen Laute der Leere herüber und ziehen mich an. Ich widerstehe und folge einer geraden Linie. Da ist die Bank, Glaswände, die sich an einer Kreuzung meiner Straße erheben – 63., Ecke Madison Avenue. Ich überquere die Madison Avenue, um auf der Westseite weiterzugehen, die ich besser kenne, und laufe gelassen Richtung Norden. Wenn mein Stock auf eiserne Abdeckplatten trifft, die Keller unter dem Bürgersteig verschließen, weiche ich ihnen aus, um nicht daraufzutreten. Ich hasse alles, wohinter sich ein Hohlraum verbirgt. An einer

Stelle bleibe ich stehen, ohne zu wissen, wieso – mein Gehirn hat ein Warnsignal ausgesendet, ich strecke langsam die Hand aus und berühre, nur ungefähr dreißig Zentimeter von meinem Gesicht entfernt, einen Metallpfosten, den mein unerfahrener Stock übersehen hatte. Ja, ich habe tatsächlich eine gute Echo-Ortung. Ein paar Blocks weiter höre ich Stimmen, Gelächter und Salsa-Musik, die aus einem Radio dröhnt. Sie kommen auf mich zu und klingen ein wenig betrunken oder bekifft. Jedenfalls ist es zu spät, die Straßenseite zu wechseln, und das Schlimmste wäre, meine Angst zu zeigen. Ich zwinge mich, ohne Zögern weiterzulaufen und meinen Stock in regelmäßigen Bögen von einer Seite zur anderen zu schwenken. Meine Nerven sind zum Zerreißen gespannt. Ein paar Meter von der Gruppe entfernt höre ich, dass die Stimmen verstummen, auch wenn das Radio weiterläuft. Sie haben mich gesehen. Als ich an ihnen vorbeikomme, ruft eine Stimme:
– Hey, Mann!
Ich antworte:
– Hi! Eine herrliche Nacht.
Eine andere Stimme sagt:
– Ja, Sir!
Doch meine Anspannung war so groß, dass ich beim Abzählen der Straßen durcheinandergekommen bin, ich weiß nicht, ob ich an der 72., 73. oder 74. bin. Mir bleibt nichts weiter übrig, als noch einmal die Madison zu überqueren, und als ich die Gummimatte vor dem Hotel Carlyle unter

den Füßen spüre, weiß ich, dass ich zwischen der 76. und 77. bin. Vor Begeisterung über diese neu entdeckte Freiheit laufe ich immer schneller. Ich bin schweißgebadet, und ich umklammere den Stock so fest, als wollte ich ihn mir in die Hand implantieren. Ich zwinge mich, die Finger zu lockern, und merke erst jetzt, wie weh sie tun. Als ich die 92. Straße erreiche, suche ich nach einer Telefonzelle und finde eine einen Block weiter. Eine schläfrige Stimme sagt mir, es ginge ihr schon viel besser, sie habe geschlafen und wolle mir am Morgen Croissants mitbringen.
Ich habe keinerlei Probleme damit, und die Nacht ist auch so viel zu aufregend, um im Mindesten darüber enttäuscht zu sein. Du hast gedacht, es sei wichtig, zu dieser Frau zu gehen und sie zu trösten! Du hast vergessen, was der alte Seemann Abdul Jemal auf dem Meer vor Flores zu dir gesagt hat: »Der Hafen ist nicht wichtig, was zählt, ist die Reise.«

Ich kannte die Gegend, die Madison Avenue, ich kannte sie wie meine Westentasche, doch es ist etwas völlig anderes, mit geschlossenen Augen zu laufen, selbst auf einer altvertrauten Straße.
Es ist gut gegangen.
Also wusste ich jetzt, dass ich in der Lage wäre, mich unabhängig zu bewegen.

Als ich dem Lighthouse davon erzählte, waren sie nicht gerade erbaut. Sie fanden es viel zu früh und gefährlich, doch ich wusste, dass es bald so weit sein würde.
Die Freude darüber, dass ich mich getraut hatte, war überwältigend. Ich konnte mich nicht halten vor Glück und musste innerlich lachen und weinen.

JA, ICH HATTE DIE WELT GESEHEN, und zwar mit unersättlicher Neugier. Auf meinen Reisen hatte ich mir Zeit genommen, ich hatte Wochen, manchmal sogar über ein Jahr an einem Ort verbracht und nicht daran gedacht, weiterzuziehen. Dafür hatte ich die unterschiedlichsten Gründe. In Benin lag es an meiner Freundschaft mit dem alten König Abomey. Seine Majestät, König Sagbajou, war hundertdrei Jahre alt, in Afrika ein geradezu mythisches Alter. In Vietnam ließen mich die schaurigen Bilder des Krieges nicht mehr los. Manchmal drehte ich einen Dokumentarfilm fürs Fernsehen, dann wieder hielt ich inne und schrieb einfach nur.

Alles war mir recht, um meine Alter Egos zu beobachten – so fremd und doch so vertraut.

Dieses leidenschaftliche Umherwandern währte ein Dutzend Jahre, bis ich überfallen wurde und für den Rest meines Lebens das Augenlicht verlor.

Mir brannte die Frage unter den Nägeln: »Und was nun? Wird sich mein Spielplatz auf eine kleine Wohnung und einen Block in der Großstadt beschränken?«

Reisen … der schiere Gedanke machte mir Angst, ich meine, Reisen, so wie ich es kannte, allein und auf sich gestellt.

Irgendwann reiste ich gekonnt durch ganz Manhattan. Ich machte ein paar Fehler. Einmal zum Beispiel stieg ich in einen Bus und warf einer Frau, die gerade ausstieg, meine Zigarette in die Handtasche. Als sie die Madison Avenue entlanglief, stieg zur allgemeinen Verwunderung Qualm aus ihrer Tasche.

DURCH ZUFALL FINDE ICH Bandigo wieder. Bandigo ist ein rotbraunes Pferd, das ich ein paar Jahre zuvor im Wald von Shelter Island, draußen auf Long Island, geritten hatte. Nach mehreren Verkäufen war er oben im Bundesstaat New York gelandet. Ich erinnere mich gut daran, dass er zwar impulsiv, aber nicht unberechenbar war, und ich beschließe, ihn noch einmal zu reiten. Ich bitte darum, mich in seiner Box mit ihm allein zu lassen, und spreche sehr freundlich mit ihm, hauche ihm in die Nase, damit er mich riechen und sich an mich gewöhnen kann. Um ihm begreiflich zu machen, dass ich nicht sehen kann, richte ich den Blick auf seine Augen.

Dann springe ich draußen in den Sattel, und es kommt mir vor, als wäre es erst gestern gewesen. Doch sobald er sich in der frischen, kalten Luft bewegt und zu tänzeln beginnt, wird mir schwindelig. Ich habe jegliche Bodenhaftung verloren und schwebe im Raum.

Auf diesem Tier erwacht wieder meine Sehnsucht nach Freiheit, nach einem gestreckten Galopp, nach offenen Räumen, nach allem, was mir derzeit versagt bleibt.

Die Wände meines Gefängnisses werden sich nicht in Luft auflösen.

NACH RUND ANDERTHALB JAHREN Rehabilitation stieg ich allein in ein Flugzeug nach Indonesien.

Obwohl ich riesige Angst hatte, vor allem davor, meine Wohnung in New York aufzugeben, kündigte ich sie mit allem, was dazugehört, und packte meine wenigen Habseligkeiten.

Die größte Angst hatte ich davor, über die Schwelle meines Hauses zu treten. Eine Tür zuzuziehen, mich auf den Weg zu machen, ohne zu wissen, wie es laufen wird.

Ich hatte niemandem erzählt, dass ich nach Indonesien wollte, denn ich wusste, dass alle sagen würden: Du bist vollkommen übergeschnappt, du musst warten, du brauchst wenigstens jemanden, der mitkommt …

Also sagte ich lieber nichts und zog los.

Es war eine ziemlich schwierige Entscheidung. Doch ich denke, sie hat mich gerettet, denn tatsächlich bin ich dadurch ins Leben zurückgekehrt.

Man lernt immer wieder ein bisschen dazu. Man kommt am Flughafen an, man spricht mit jemandem und stellt fest, dass diese Art zu reisen, ohne sehen zu können, eine eigene Dynamik besitzt, sodass sich alles irgendwie von selber fügt und völlig unproblematisch verläuft. Schon möglich, dass man irgendwo in der Klemme steckt, aber nun ja – man wartet eben, und früher oder später passiert etwas: Irgendjemand kommt vorbei, es entsteht eine neue Situation.

Für mich ist es sehr wichtig, als Blinder alleine reisen zu können. Nennen wir es einfach eine Mischung aus einer ausgefallenen Sportart und Yoga. Es rüttelt einen wach. Man muss hellwach sein! Die erste Regel lautet: Es gibt keine Zeit. Man muss die Zeit abschaffen. Die zweite: Man darf nicht halsstarrig sein. Wenn man nicht pünktlich ankommt oder nicht genau dort ankommt, wo man hinwollte, dann macht das nichts.
Entscheidend ist, sich nicht unterkriegen zu lassen, nicht negativ zu denken, nicht aufzugeben, egal was passiert, sondern immer aus dem Inneren heraus einen Ausweg zu finden.

ICH MUSSTE IN SINGAPUR zwischenlanden und das Flugzeug wechseln. Die Chinesen an der Passkontrolle fragten: Sie reisen allein?
Ich sagte ja.
Sie sagten: Das geht nicht. Wir akzeptieren keine Blinden, die alleine reisen.
Nun hätte ich heftig reagieren, mich unheimlich aufregen und die Beherrschung verlieren können – Energieverschleiß und obendrein reine Zeitvergeudung.

Ich hörte, dass hinter mir jemand mit seinem Pass wartete.
Ich drehte mich um und fragte: Wo wollen Sie hin?
Er sagte: Nach Jakarta.
Ich sagte: Sie reisen mit mir, nicht wahr?
Er sagte: Ja, selbstverständlich.
Also wandte ich mich wieder an den chinesischen Beamten und sagte: Ich bin in Begleitung.
Statt sich zu ärgern, muss man lächelnd einen Ausweg finden.

Ich bin von Natur aus sehr ungeduldig, und so war die Reise für mich eine gute Charakterschulung. Ich stellte fest, dass es ausgezeichnet funktionierte.

IM FLUGHAFEN VON JAKARTA saß ein Mann neben mir und fragte mich, ob ich Feuer für seine Zigarette hätte. Es liegt nahe, dass es einem Mann, der einen Blinden um Feuer bittet, wohl eher um etwas anderes geht.
»Woher stammen Sie?«, fragte ich ihn.
»Ich bin Australier, aber gebürtiger Pole.«
»Ein Australier aus Polen ... Sie meinen, Sie sind Jude.«
»Ja.«
Und dann hörte ich eine höchst verblüffende Geschichte. Seine Geschichte. Mit vierzehn Jahren kam er ins Vernichtungslager Birkenau. Jeden Morgen hatte er die Aufgabe, einem SS-Offizier beim Rasieren den Spiegel zu halten. Das Einzige, was der Junge besaß, waren vier amerikanische Zigaretten. Drei Tage lang beobachtete er den Offizier, dann entschloss er sich zu einem riskanten Spiel, und so reichte er dem Mann eines Tages, als er mit seiner Rasur fertig war, eine Zigarette. Man schrieb das Jahr 1944, in Deutschland herrschte Not, und Tabak aus Virginia war selten. Der Offizier betrachtete die Zigarette stumm und nahm sie schließlich. Dann sprach er mit seinem Untergebenen, der daraufhin wegging und mit einem Butterbrot wiederkam. Am nächsten Tag tat der Junge dasselbe, gab seine Zigarette weg und bekam dafür wieder ein Butter-

brot. Und so weiter bis zur vierten Zigarette. Doch auch danach bekam er seine Butterbrote, und so überlebte er bis zur Befreiung des KZs, während die Gefangenen zu Tausenden Hunger, Typhus und Ruhr zum Opfer fielen.
Plötzlich sagte er: »'tschuldigung, die rufen gerade zum Einsteigen auf, leben Sie wohl.«
Wenige Minuten später stieg ich selbst in meine Maschine nach Denpasar ein. Auf dem Platz neben mir saß niemand anderes als dieser Mann. Auf dem ganzen Flug nach Denpasar wechselten wir kein einziges Wort. Er hatte jemandem sein Herz ausgeschüttet, der ihn nicht sehen konnte. Aus Respekt tat ich so, als würde ich ihn nicht wiedererkennen.
Manchmal kommt man also auch mit Menschen in Kontakt, weil man keinen Blick mit ihnen wechseln kann.

ICH GING NACH BALI. Vor Jahren hatte ich dort gelebt. Ich liebte das Land! Damals gab es keinen Tourismus und so gut wie keine Autos, keine Elektrizität. Es war ein Land wie aus dem Bilderbuch, mit wunderbaren Menschen, schöner Musik, mit Theater und Tanz. Seltsamerweise zog es mich ausgerechnet in ein Land von so ausgeprägter visueller Schönheit. Vermutlich verlangte mein Gehirn, ohne dass es mir bewusst war, nach Bildern und hoffte irgendwie zu sehen.

Und als sei nicht alles schon schwierig genug, war ich auch noch pleite. So beschloss ich, ein Buch zu schreiben.
Ich hatte indonesische Freunde – ich kannte die freundliche, feine Wesensart der Menschen und hatte ihre Sprache gelernt. Ich blieb ein Jahr.
Ich schrieb das Buch und war mit dem Leben im Reinen.

Da es im Haus keinen Strom gab, konnte ich meine elektrische Schreibmaschine nicht benutzen. Ich schrieb deshalb auf große Notizblöcke und mit Hilfe einer Art Lineal aus Pappe, das ich Zeile für Zeile unterlegte, um gerade Linien zu bekommen. Es war nicht ganz einfach, so zu schreiben, doch es funktionierte.

Ich glaube, ich schrieb ungefähr achthundert Seiten mit der Hand.
Manchmal war die Tinte alle, ohne dass ich es bemerkte, und ich schrieb einfach weiter.
Am nächsten Morgen fragte ich immer die balinesischen Hausangestellten, auf welcher Seite ich am Vortag aufgehört hatte, und eines Tages sagte das Mädchen, das für mich kochte: *Tida ada tulis*. Da steht nichts.
Ich fragte: Was soll das heißen, da steht nichts?
Ganz einfach, die Seite ist leer.
Also blätterten wir zurück – *Tida ada*. Zwölf Seiten waren unbeschrieben.
Hat man erst einmal etwas zu Papier gebracht, so stellte ich fest, kann man es nicht erneut aufschreiben. Es ist weg.

ICH BIN IN EINEM WEILER im Grenzgebiet zwischen der Normandie und der Bretagne geboren, einer sehr ländlichen, hinterwäldlerischen Gegend.
Als Kind konnte ich mich frei bewegen, mit viel Platz zum Spielen, mit Pferden und anderen Tieren. Das war eine gute Vorbereitung, um mich in meiner Umgebung zurechtzufinden.
Ich denke, wenn man in der Stadt aufwächst, entwickelt sich das Körpergefühl nicht auf die gleiche Weise.
Ich begann schon sehr früh, soweit ich zurückdenken kann, zu malen. Ernsthaft zu malen, nicht wie ein Kind zu zeichnen. Ich interessierte mich für Van Gogh, Cézanne, Modigliani, Gauguin, was eigentlich seltsam ist, da wir so abgeschieden wohnten und zur Welt der Kunst keinen Zugang hatten. Aber ich vermute, wenn ein Kind sich für etwas interessiert, findet es einen Weg, sich die Informationen zu beschaffen, und genau das tat ich. Dabei habe ich nichts in dieser Richtung studiert, weil ich aus einem sehr konservativen Elternhaus stamme, in dem kein Platz für einen Künstler war. Man hatte Bankier oder Diplomat oder Beamter zu werden. Doch sobald ich auf eigenen Beinen stand, kehrte ich zur Kunst zurück. Ich malte und drehte meine ersten Dokumentarfilme.

ICH BETRACHTETE NICHTS, ich sog die Dinge mit den Augen auf.

Ich versuchte, die Welt mit den Augen zu verstehen. Von klein auf war ich ausgesprochen visuell veranlagt.

Es ist seltsam, wie leicht man diese Eigenschaft bei einem Menschen erkennen kann.

Haben Sie schon einmal Fotos von Picasso gesehen? Er hat einen Adlerblick.

Es gibt ein berühmtes Bild von ihm – ich hatte es auf meinen Reisen immer dabei; inzwischen habe ich es verloren –, ein Porträt, aufgenommen vielleicht von Henri Cartier-Bresson.

Picasso hat darauf einen unglaublichen Blick, er ist wie ein Pirat, der alles mit den Augen stehlen will.

Ein visueller Plünderer.

Einmal bekam ich eine Unterhaltung zwischen meiner Freundin und jemand anderem mit.

Sie sagte: Schade, dass ich ihm nicht schon begegnet bin, als er seine Augen noch hatte.

Und die andere Person antwortete: Sei froh. Er hatte die Augen eines Mörders.

Ich fand das ausgesprochen interessant, denn da war etwas dran.

Ich hatte wirklich einen so intensiven Blick, dass es ein bisschen irritierend sein konnte.
Ich entsinne mich auch noch, wie ich einmal in New York in einem Café gesessen habe und jemand stehen blieb, um mich zu fragen: Sind Sie Maler?
Ich fragte: Wieso?
Er sagte: Ihre Art, Dinge zu betrachten.

AUF DAUER WIRD vollkommene Dunkelheit unerträglich.

Ich ging nach Grönland, um mich – ähnlich wie bei meiner Reise nach Bali – der Herausforderung einer visuell ungeheuer eindringlichen Landschaft zu stellen und mein Gehirn zum Sehen zu zwingen. Im Norden, im äußersten Norden, herrscht den größten Teil des Jahres vollkommene Dunkelheit. Monat für Monat ist es stockdunkel, und die wenigen Menschen, die dort leben, rasten völlig aus. Es ist zu extrem.

Man ist so mit dem Überlebenskampf beschäftigt, dass man meinen könnte, für Depressionen sei da kein Platz. Zweifellos ist New York ein harter Lebensraum, mit viel menschlichem Elend. Doch Grönland, eine Insel, die halb so groß ist wie ganz Europa, mit gerade mal fünfzigtausend Einwohnern, mit ein paar Moschusochsen, einer Menge Seehunden, ein paar Eisbären, die monatelang bei Nacht und Tiefsttemperaturen leben – solch eine Umgebung bringt einen völlig anderen Menschenschlag hervor als die hektische Großstadt.

Ist man einer Extremsituation ausgeliefert, sei es der hohe Norden oder die Erblindung, dann rührt dies an etwas im Innern, das einem bis dahin verborgen war. Aus dieser Konfrontation geht man weder siegreich noch geschlagen hervor.
Man ist gezwungen, seine Lebenseinstellung zu überdenken. Ist man stark genug, wird es einen befreien. Natürlich bezahlt man für diese Freiheit einen hohen Preis: ein Leben am unwirtlichsten Ort der Welt. Dafür ist der Raum, der innere Raum, grenzenlos. Und man dringt zum eigenen Wesenskern vor.

Ich wohnte an einem Ort namens Ilulissat, einem an der riesigen Disco-Bucht gelegenen Fischerdorf. Jeden Tag ging ich am Ufer eines Fjords spazieren. Dieser Fjord ist vierzig Kilometer lang und sieben Kilometer breit. Vor mir trieben langsam Millionen von Eisbergen vorbei, so groß wie die Wolkenkratzer in New York. Ich stand also mutterseelenallein schweigend am Ufer dieses Fjords, und vor mir glitt ein aus Eis gebildetes Manhattan vorbei, bis es irgendwann am Horizont verschwand.
Natürlich habe ich es nicht gesehen, doch das Bild davon steht so deutlich vor mir, dass es schwer zu glauben ist, es nicht gesehen zu haben. Wenn ein solcher Eisberg umkippt, gibt es ein derart gewaltiges Getöse, als würde eine Atombombe explodieren, und manchmal türmt sich dabei eine zwanzig Meter hohe Welle auf. Ich habe gehört,

ich habe gesehen, wie all diese Wolkenkratzer aufeinanderstürzten.
Habe ich es gesehen?
Am Ufer des Fjords von Ilulissat habe ich selbst ein Bild davon erschaffen.

MEIN LETZTES GEMÄLDE kommt einer Vorahnung gleich. Es ist unvollendet: Ich arbeitete gerade daran, als ich überfallen wurde.

Es ist eine großformatige Leinwand und stellt den Oberkörper und den Kopf eines schwarzen Mannes dar, der ein Pferd am Halfter führt, von dem nur Kopf und Brust zu sehen sind, und die andere Hand im Haar eines jungen Mädchens hat. Ursprünglich schwebte mir ein völlig anderes Thema vor. Auf dem Bild sollte eine reiche Frau in einem Pelzmantel zu sehen sein, die mit der Linken ihr Rennpferd und mit der Rechten ihre kleine Tochter hält – kurz: ein Sinnbild für Selbstsucht, Macht und Geld. Zu meiner eigenen Verwunderung entstand auf der Leinwand anstelle der Frau ein schwarzer Mann mit einem nackten, muskulösen Torso. Das Gemälde nahm recht schnell Gestalt an, und zuletzt fehlte nur noch ein einziges Detail. Sowohl bei dem Mann als auch dem Tier war ich außerstande, die Augen zu malen; genauer gesagt, malte ich sie, woraufhin das Bild jegliche Bedeutung einbüßte.
Je länger ich es ansah, desto deutlicher dämmerte mir, dass ich irgendwie ein Selbstporträt gemalt hatte. Man hat in sich ein wildes Pferd, ein kleines Mädchen (Alice im Wun-

derland) und einen sehr maskulinen Zug, die alle drei zusammen ausmachen, was man ist.
Schließlich ließ ich da, wo die Augen des Pferdes hingehörten, die Leinwand weiß und wischte leicht mit einem Papiertuch über die Augen des Mannes, sodass es aussah, als bedeckte eine Haut die Höhlen – als seien – wie heute bei mir – die Lider miteinander verbunden.
Ich erinnere mich, dass es mir schwerfiel, den Schwarzen zu malen, da mir kein Vorbild zur Verfügung stand, und so stöberte ich mit meiner Freundin in einem Pornogeschäft auf der 42. Straße, bis ich den eindrucksvollen Torso eines Schwarzen fand. Wir sahen uns all diese Pornohefte mit ziemlich schockierenden Bildern an und lachten. Die anderen Leute, diese Männer, die sich verstohlen in einen Pornoladen schleichen und sich ein bisschen dafür schämen, während wir ein reines Gewissen hatten, weil wir nichts weiter brauchten als ein gutes Modell, diese Leute waren über unser Benehmen ziemlich erbost. Sich diese Dinge anzusehen und laut loszuprusten, verstößt auf der 42. Straße gegen die Sitten. Man muss Schuldgefühle zeigen oder wenigstens ein bisschen verstohlen um sich blicken.

ICH WAR IN VIETNAM. Als freiberuflicher Reporter, 1973, gegen Ende des Krieges. Es war schrecklich, aber ich konzentrierte mich nicht auf die Kampfhandlungen als solche, sondern auf die Bevölkerung, vor allem die Kinder, und bei den Kindern wiederum vor allem die Waisen.
Ich interessierte mich für die Menschen, die unschuldig waren und trotzdem die Konsequenzen dieses ganzen Irrsinns zu ertragen hatten.

Ich entsinne mich, wie ich in einem Waisenhaus in Saigon eintraf, wo auf einem Hof etwa tausend Kinder wild miteinander spielten, und in der Ecke stand ein kleines Mädchen – ein sehr, sehr schönes kleines Mädchen, ungefähr zwölf Jahre alt, das sich schämte und nicht mitspielte, weil es keine Arme mehr hatte.
Eine Mine hatte sie dem Kind abgerissen.
Solche Bilder sehe ich noch sehr lebhaft vor mir.

Als ich mich im Saint-Vincent-Krankenhaus in New York wiederfand, sagte einer der Ärzte: Es ist ziemlich seltsam, dass Sie wegen dieser Erblindung nicht am Boden zerstört sind.
Und ich antwortete: Ich habe schon viel gesehen.

Wäre ich das geworden, was man einmal für mich vorgesehen hatte, ein Büro- oder Bankangestellter oder dergleichen, wäre ich wahrscheinlich verzweifelt, denn ich hätte meine Wahl bereut. Man arbeitet in einem Büro und sagt sich: Eines Tages sehe ich mir die Welt an. Stattdessen habe ich mir die Welt angesehen und mir gesagt: Vielleicht bin ich eines Tages genötigt, in einem Büro zu arbeiten.

ICH HABE UNBERÜHRTE INSELN GESEHEN, Frauen mit goldenen Zähnen und Genitalien wie Seeanemonen. Ich habe eine weiß glühende Insel gesehen, auf der Leprakranke Haie essen. Ich habe Inseln gesehen, die sich mit ihrem magischen Zauber in Dunkel hüllen. Ich hatte mich bloß vom Wind treiben lassen, denn ich spürte kein Verlangen danach, die Natur in ihrem brutalen, ungezähmten Urzustand zu sehen – Menschen ohne Hoffnung, ausgebleichte Knochen in den Lagunen, Kinder, die dahinvegetieren, das Mädchen für tausend Rupien, den verrottenden Haifisch, der den Leprakranken anstarrt, und all die Schiffbrüchigen aus unseren enttäuschten Träumen in der Bucht ohne Wiederkehr.

Ja. Ich hatte die Welt gesehen.

Am Ende eines jeden Tages reckte Abdul Jemal, der Kapitän jenes heruntergekommenen Bootes, die Hand in die Höhe und zeigte auf einen dunstigen weißen Küstenstreifen am Horizont. Makassar, schrie er dann, bevor er Anweisungen gab, um uns auf einen neuen Kurs zu bringen. So wie er den Namen Makassar auf der Zunge zergehen ließ, lag darin die ganze Stadt mit ihren Bars, den Bordellen und den Messerstechereien, den Schiffen, die aus jedem Winkel dieses umfluteten Landes, dieser schwimmen-

den Nation, eintrafen, jenen vierzehntausend Inseln inmitten des Archipels aus Java, Borneo, Celebes und den Philippinen.
Abdul Jemal sagt: »Wenn dein Leben vom Wind abhängt, herrscht in dir eine große Stille.«

ICH HABE MIR DIE WELT sehr genau angesehen und bin immer noch dabei. Ich sehe mir die Welt immer noch an. Die Wahrnehmung ist anders, doch für mich ist sie immer noch visuell.

Manchmal habe ich Angst davor, dass meine Erinnerung an die sichtbare Welt nach und nach verblasst und stattdessen ein abstraktes Universum aus Hörbarem, Riechbarem und Fühlbarem übrig bleibt.

ICH ZWINGE MICH, mir dieses Krankenhauszimmer mit seinem Metallmobiliar, seinem Fenster, den Gardinen vorzustellen. Ich rufe mir Gemälde ins Gedächtnis, Rembrandts Polnischen Reiter, Francis Bacons Porträts von Innozenz X.

Unter keinen Umständen darf meine visuelle Vorstellungskraft verkümmern. Ich muss mir die Fähigkeit erhalten, die Welt, die ich mir fünfunddreißig Jahre lang intensiv angesehen habe, mit meinem geistigen Auge zu betrachten. Indem ich in der Erinnerung den Vulkan von Lompo oder die vollendete Harmonie eines von Michelangelo entworfenen Bauwerks vor mir sehe, lerne ich weiterhin von ihnen. Das ist ein unschätzbarer Vorteil von Blinden, die vorher sehen konnten.

ALS ICH IM SAINT-VINCENT-Krankenhaus in New York anfing, allein in meinem Zimmer herumzulaufen oder es alleine zu verlassen, schlug ich mehrfach mit dem Kopf an und hatte so immer Angst, mir könnte irgendetwas in die Augen stechen. Ich brauchte einen Schutz, aber nicht aus Glas, weil ich fürchtete, Splitter in die Augen zu bekommen. Also entwarf ich auf einem Stück Pappe diese Brille oder diese Maske oder wie auch immer man das, was ich bis auf den heutigen Tag trage, nennen will.

Ich trage jetzt ein Band aus Stahlblech in Form einer Brille. Das Metall reflektiert so wie Spiegel, die man benutzt, um Lerchen zu fangen, die Lichter der Stadt, die Augen anderer Menschen. Es verbirgt meine Furcht, meine Wunde unter einer Art brutaler Arroganz. Dieses Band lässt kein Mitleid zu.

Ich kannte einen kleinen italienischen Juwelier in Soho, der verstand, was ich wollte, und es anfertigte. Und ich muss sagen, es erfüllt den beabsichtigten Zweck, es gibt mir Selbstvertrauen. Ich finde: Narben sind etwas sehr Privates.

ICH MUSSTE LERNEN, Hilfe anzunehmen.
Ich musste lernen, Ordnung zu halten – ich war kein besonders ordentlicher Mensch –, weil ich mich sonst in meinem eigenen Zimmer nicht zurechtfand, und auch das war eine neue Erfahrung. Geduld, vor allem Geduld, Geduld und die Dinge hinzunehmen. Am schwersten fällt es einem wohl, sich helfen zu lassen. Als ich im Krankenhaus zum ersten Mal mein Zimmer verließ, nur bis auf den Flur, nahm mich ein Freund an den Arm, und ich begriff: Du wirst immer auf Hilfe angewiesen sein, und du wirst sie akzeptieren müssen.
Wenn man sehr eigenständig und nicht besonders geduldig ist, bringt eine Situation wie die meine eine gute Charakterschulung mit sich, und ich begriff: Sosehr ich auch darum kämpfte, unabhängig zu sein, würde ich immer noch Hilfe brauchen, wenn ich etwas wollte.
Ich weiß, es wird schwierig, aber ich will es versuchen. Ich werde mir die nötige Zeit nehmen und ich werde es versuchen.

ES IST FRÜHLING, und mich bedrückt die klaustrophobische Enge der Großstadt. Inzwischen habe ich mich in eine launische, unberechenbare Ballerina verliebt. Genauer gesagt, ist sie so unberechenbar, dass sie Ende Juni in einer letzten Pirouette spurlos verschwand. Und so mache ich mich zu einer höchst außergewöhnlichen, unerwarteten Reise auf.
Jemand hat mir gesagt, sie sei nach Indien gegangen, in den Himalaya, nach Kaschmir und Ladakh.

Ladakh. Ich versuche mich zu erinnern. Vor Jahren hatte ich einige Fotos von einem fruchtbaren Tal mitten in einer fantastischen öden Felsenlandschaft gesehen, über der in weiter Ferne die schneebedeckten Gipfel der Berge thronen.

Ich war vor einer Indienreise immer zurückgeschreckt. Ich hatte das Gefühl, nicht genug über das Land zu wissen.
Doch jetzt bin ich in diese Frau verliebt und will sie finden.

ICH BRACH ALLEINE AUF und reiste durch Kaschmir, dann nach Ladakh, von dort aus nach Zanskar, einen Landstrich mit Tälern im Himalaya.
Zwei Monate lang reiste ich allein.
Mir stieß nichts zu, ich machte keine einzige schlechte Erfahrung. Im Gegenteil, und ich denke, darin steckt eine heilsame Lektion: Wenn es einem gelingt, mit den Menschen zu tanzen, mit dem Leben zu tanzen, kann einem nichts Schlechtes passieren.
Ich habe Hoffnung.
Ich muss daran glauben.

Kaum traf ich in Indien – in Neu-Delhi – ein, verschwanden meine Tasche, mein Geld, einfach alles.
Und ich sagte mir, na schön, ich wurde ausgeraubt, mir bleibt nichts anderes übrig, als das nächste Flugzeug nach New York zurück zu nehmen.
Tatsächlich brachten die Leute alles nach einer Stunde zurück.
Sie sprachen kein Wort mit mir. Schweigend nahmen sie mich an die Hand, brachten mich durch den Zoll und so weiter und gaben mir das Geld zurück, einen Teil davon in Rupien umgetauscht.

Sie setzten mich in ein Scooter-Taxi, die preiswertere Variante.
Und als ich mich bei ihnen bedanken und ihnen ein bisschen Geld geben wollte, konnte ich sie mit den Händen nicht mehr finden. Deshalb fragte ich den Taxifahrer: »Was waren das für Leute? Wo sind sie hin?«
Und er schnaubte verächtlich: »Irgendwelche Bettler.«
Es waren Bettler, die im Flughafen lebten.
Sie sahen mich und stellten fest, dass ich hilflos war.
Also beschlossen sie einfach, alles für mich zu tun.
Und ich dachte: Das wird eine interessante Reise.

DAS IMPERIAL HOTEL ist ein altmodischer Bau am Janpath mit sehr großen Zimmern. Nach einer kurzen Nacht suche ich nach dem Swimmingpool. Ein sehr alter Mann in einem sehr sauberen Dhoti und mit Turban, der sich gemessenen Schrittes bewegt und mit undeutlicher Stimme spricht, führt mich von der Umkleidekabine zum verlassenen Pool.

Ich mache einen Kopfsprung. Das Wasser ist von der Nacht noch kühl. Ich schwimme voller Elan und schüttle mir den zwanzigstündigen Flug aus den Muskeln. Plötzlich trifft mich etwas an der Stirn. Für den Bruchteil einer Sekunde glaube ich, dass ich an eine Wand anschlage. Ich strecke die Hand aus und finde kein Hindernis. Ich schwimme weiter, zunächst mit behutsamen Zügen, doch sowie der Schreck überwunden ist, lege ich mich erneut ins Zeug, bis ich zum zweiten Mal gezwungen werde anzuhalten. Ein harter Gegenstand hat meine Nase berührt. Diesmal bin ich schneller, und mit einer einzigen flinken Bewegung, als wollte ich eine Fliege fangen, schnappe ich mir … meinen Stock! Ganz richtig, meinen Stock, während der alte Mann mir vom Rand des Pools aus zuruft: »Hier lang, Sir, hier lang!« Er hatte mitbekommen, wie ich mich mit Hilfe meines Stocks orientiere. Da ich ihn nun offensichtlich beim

Schwimmen nicht benutzen konnte, rannte er um das Becken und hielt ihn mir vor die Nase, um mir dabei zu helfen, geradeaus zu schwimmen. Von Bettlern gerettet, beim Schwimmen von einem galoppierenden Großvater geführt – von so viel Irrationalität bin ich entzückt. Vielleicht bekomme ich in Indien am Ende doch keine ernsten Probleme.

ICH DENKE AN DIE MENSCHEN, denen ich begegnet bin: einen Aprikosenhändler, einen Mönch, einen Wanderphilosophen … Ich hatte keine Ahnung, wohin wir gingen, ich lief einfach mit.
Einer von ihnen, Kemala, bestand darauf, mich zu einem Heiligen mitzunehmen.

Das Zimmer ist dunkel, fensterlos. Der Heilige spricht. Seine Stimme ist freundlich, aber bestimmt. Meinte Kemala nicht, er sei hundertdreißig Jahre alt? Ich hätte ihn hundert Jahre jünger geschätzt. Kemala ergeht sich in langatmigen Erklärungen, die von den präzisen Fragen des Heiligen unterbrochen werden, dann dreht er sich zu mir um und sagt in missbilligendem Ton:
»Er kann nichts für deine Augen tun.«
»Sag ihm, ich weiß, kein Problem. Frag ihn nach der jungen Dame, die ich suche.«
Der Heilige lacht. Er lädt mich ein, auf der Matte ihm gegenüber Platz zu nehmen. Er fasst nach meiner Hand. Unsere Knie berühren sich. Er hat sich meine Rechte aufs Knie gelegt. Unter der Baumwolle fühlt sich seine Haut überraschend jung, elastisch an. Unsere Begegnung scheint ihm Vergnügen zu bereiten. Ich merke das am Lächeln in

seiner Stimme und der Art, wie er auf seinem Knie seine Hand flach auf meine legt.
Er sagt: »Lerne, langsam zu leben. Auf diese Weise kann dich der Tod nicht überraschen.« Kemala übersetzt.

Als ich mich anschicke zu gehen, habe ich fast das Gefühl, als überließe ich ihn dort auf seinem Kissen in diesem dunklen Zimmer seinem Schicksal.
Als ich gerade aufstehe, packt er noch einmal meine Hand und sagt: »Das Leben zu überstehen, das ist alles.« Ich finde den Gedanken einfach umwerfend komisch, und wir lachen beide los.

ZWEI MONATE BIN ICH durch diese Täler im Himalaya gewandert, dessen Gipfel nicht aus der Erde emporzuwachsen, sondern sich vom Himmel herabzusenken scheinen.

Nachts kann ich zwischen der Unendlichkeit und mir ein leises Pfeifen hören – Gott, der zwischen den Zähnen pfeift, diesen scharfen eisigen Gipfeln.

All diese Schönheit trifft mich wie ein Dolch. Der Schmerz, Schönheit zu empfinden, ohne sie zu sehen!
Heute jedoch ist der Gedanke, ich hätte sie nicht gesehen, einfach absurd.
Mein Gehirn hat solch starke Bilder hervorgebracht, sie haben sich so tief in mein Gedächtnis eingegraben!

ALLEIN SCHON DIE BERÜHRUNG der Luft auf der Haut offenbart einem die Leuchtkraft des Himmels.
In New York wurde im Fernsehen einmal ein Film gezeigt, in dem ein kleines blind geborenes Mädchen versucht auf einen Baum zu steigen. Ihre Mutter sieht es, rennt hinaus und ruft wütend:
– Aber was hast du dir nur dabei gedacht?
- Ich will das Blau des Himmels berühren.
Im Himalaya habe ich das Blau des Himmels berührt.

MEINE TASCHE IST fürs Wandern ungeeignet. Ich wechsle sie immer wieder von einer Schulter zur anderen, doch nach einigen Kilometern wird es unerträglich. Also trage ich sie auf dem Kopf, doch auch das ist keine Lösung, denn davon wird mein ganzer Körper steif, und ich laufe wie ein Roboter. Wir sind auf dem Weg zu einem Kloster, dem Krishna, ein Händler, die Aprikosenernte abkaufen will.
Wir laufen schon seit geraumer Zeit, und der Pfad wird immer steiler. Plötzlich ist das charakteristische Hämmern kleiner Hufe auf dem Boden zu hören. Ein Esel!
Jullays! Jullays! Guten Tag! Guten Tag!!
Ich brauche dieses Tier, egal zu welchem Preis. Ich halte den Esel an und versuche dem Eigentümer zu erklären, dass ich ihn gerne mieten möchte.
Er lacht nur, ohne ein Wort zu verstehen.
Als ich das Tier schließlich am Halfter fasse und zu einer halben Kehrtwende zwinge, sodass ich da, wo eben noch sein Kopf war, seinen Schwanz zu fassen bekomme, ahnt der Mann, dass es um eine Kursänderung geht. Als Nächstes balanciere ich meine Tasche auf dem Widerrist, setze mich selbst rittlings auf das kleine Tier und rufe, während ich die Höhe hinaufzeige, »Gompa!« – Kloster! –, so wie man »Hü!« schreien würde.

Einen Moment herrscht Schweigen, dann prusten der Eselstreiber und Krishna los.
Sie haben verstanden, und wir einigen uns auf eine Summe von zwanzig Rupien. Allerdings wurde der Esel nicht gefragt. Mit der ganzen seiner Rasse eigenen Sturheit rührt er sich keinen Zentimeter vom Fleck, bis er auf einmal mit einem Satz in Gang kommt, der ihn selbst zu überraschen scheint: Nachdem Krishna erst versucht hatte, ihn anzuschieben, erinnerte er sich zu guter Letzt an einen altbekannten Kniff – er packte ihn am Schwanz und drehte ihn erbarmungslos.

Manchmal schlafe ich auf dem Boden, mitten auf dem Pfad.
In der Nacht herrscht absolute Stille. In meine warme Decke gehüllt, ruhe ich unter den Sternen und erliege – da die Grenze zwischen der Wirklichkeit und dem Verborgenen verschwimmt – der Versuchung des Unsichtbaren.

ICH REISE NICHT GERNE – ich meine, ich ziehe nicht gerne weiter beim Reisen. Ich kann auf einem Stein sitzen und gespannt darauf horchen, was in meiner Umgebung passiert. Ich kann viele Wochen irgendwo bleiben, mich sammeln und dabei einfach nur versuchen, die Menschen vor Ort zu verstehen und mit ihnen Beziehungen zu knüpfen.

Man muss lernen, sich nicht zu regen, vertikal zu reisen und sich immer mehr in die Harmonie, die Stille und Schönheit zurückzuziehen.

SCHLIESSLICH FLACHT DER BODEN AB. Wir kommen in ein kleines Tal in Form einer Zirkusarena.
»Gompa«, sagt einer der Mönche, nimmt meine Hand und zeigt damit in eine Richtung. Am Hang oberhalb des Tals steht majestätisch das große Kloster.

Kaum bin ich von meinem Esel gestiegen, fallen die Mönche über mich her. Wie Hühner, denen man Körner zuwirft, scharen sie sich um mich. So plötzlich aus ihrer Abgeschiedenheit gerissen, schreien sie auf seltsame, unbändige Weise los, was vielleicht aber auch einer ungetrübten, naiven Freude entspringt. Ich höre die Stimmen sehr kleiner Jungen, Kinder-Novizen, heraus. Sie lachen und überbieten sich mit lauten Rufen. Doch trotz ihrer überbordenden Energie geht von diesem Trubel etwas Friedliches, Unbeschwertes aus. Sie führen mich auf eine Terrasse, wo ich dem Rinpoche, dem Abt, vorgestellt werde. Er nimmt meine linke Hand. Auch wenn ich nichts von dem, was er zu mir sagt, verstehe, spüre ich in den Fingern, dass ich willkommen bin. Neben ihm bemüht sich ein Mönch, seine Worte in eine Art tantrisches Englisch zu übersetzen.

Der Rinpoche hat gesagt: »Du kannst unter unserem Dach wohnen, solange du willst. Das Essen ist sehr schlecht. Was führt dich her?«

Nach ein paar Tagen scheinen mich die Mönche auf ihre einzigartige Weise in ihre Reihen aufgenommen zu haben, und sie lassen mich auf einer hohen Terrasse schlafen. Lama Lampu, der Übersetzer, nennt sie »Terrasse der Einsamkeit«.

Am Morgen höre ich Sandalen über den Boden schlurfen. *»Jullay! Jullay!«* Es ist Lama Lampu. Er setzt sich. Der Schrei eines Raubvogels zerreißt die Luft, und weit unten im Tal höre ich irgendwo unterhalb der Bäume Wasserrauschen. Lama Lampu berührt mich an der Brust und lacht. Er sagt, da ich unbedingt im Freien schlafen wolle, setze ich mich allen möglichen Geistern aus, die nur allzu gerne von mir Besitz ergriffen, und er wiederholt mehrfach, mein Gesicht sei noch dunkel von der Nacht. Wir stehen auf, um heißen Tee zu trinken und elenden Fraß zu verzehren.

In der Küche geht es sehr geschäftig zu. Es handelt sich um einen großen quadratischen Raum mit hoher Decke. In der Mitte brennt den ganzen Tag über ein Holzkohlenfeuer. Es hängt Rauch in der Luft; die Gewölbedecke, die Wände, Regale scheinen alle verrußt zu sein; außer den blitzblanken Utensilien aus Kupfer und Messing ist alles schwarz. Der Rauch, der über ihren Köpfen hängt, scheint die Mönche, die mit dem monochromen Hintergrund verschmelzen, nicht weiter zu stören. Durch die kleinen Öffnungen, die in die dicken Wände eingelassen sind, erscheint die Landschaft draußen umso strahlender in der Sonne. Mit unseren kleinen Holzschalen setzen wir uns an ein Fenster.

Lama Lampu lässt mich alles berühren, alles sehen. Hinter der großartigen, nicht überladenen, klassisch heiteren Fassade verbirgt sich ein erstaunliches Labyrinth aus Fluren, Gängen, Halbgeschossen, Ecken und Terrassen, die sich ins Freie öffnen. Der chaotische Urzustand, die Unordnung der Seele, die sich in den Gedanken bemerkbar macht. Außen Michelangelo, innen Dédale. Unerwartete Treppen, Fenster mit Blick auf Wände, Räume, die offenbar keinen Zweck erfüllen. Doch nach einer Weile dämmert einem, dass dieser ganze architektonische Wirrwärr durchaus mit klar umrissenen Funktionen einhergeht, dass nichts dem Zufall überlassen ist.

In ihrem Allerheiligsten, dem Altarraum, legt mir Lama Lampu den rechten Arm um die Taille und ergreift meine rechte Hand, nicht bloß, um mich zu führen, sondern auch, damit ich mit den Fingern über alles streichen kann – über jahrhundertealte Bücher, den für den Dalai Lama reservierten Stuhl, über Gebetsblätter, die sich von ranziger

Butter steif anfühlen, bis hin zu den vielfältigen Statuen der Buddha-Inkarnationen. Nichts enthält er mir vor, alles darf ich sehen. Und natürlich bewegen wir uns vorschriftsmäßig im Uhrzeigersinn durch das Heiligtum. Eine Episode aus dem Film *Manche mögen's heiß* kommt mir plötzlich in den Sinn. Ich nehme Lama Lampus Hand fest in meine Rechte und beginne einen Tango mit ihm zu tanzen, wobei ich den Takt mit Trällersilben vorgebe. Tsim tsim tadada da tazum ...« Ganz zweifellos ist dies der erste Tango, der je in einem Himalaya-Kloster getanzt wurde. Die Mönche lachen lauthals, und mein Benehmen, das sogar mich selbst erstaunt, scheint sie überhaupt nicht aus der Fassung zu bringen.

ICH HABE DIE BALLERINA zwar nie gefunden, dafür aber meine alte Freiheit – und noch einiges mehr.

EINES TAGES SAGTE EIN FREUND VON MIR: Wie stellst du dir mein Gesicht vor?
Ich entgegne: Was soll die Frage? Ich kannte dich doch schon vor meiner Erblindung.
Und er sagte: Nein, da irrst du.
Ich sagte: Denk mal nach, ich schwöre, dass ich dich schon mal gesehen habe.
Er beharrte: Nein, du hast mich nie gesehen.
Und ich überlegte, ob er am Ende recht haben könnte.
Also rechneten wir nach, und ich hatte mich geirrt. Dabei weiß ich genau, wie er aussieht.
Nur dass ich nicht weiß, ob er so aussieht.
Sehen ist ein schöpferischer Akt.
Es beschränkt sich nicht auf die Wahrnehmung.
Ich experimentiere die ganze Zeit damit.
Wenn ich mit jemandem durch die Straßen laufe, frage ich ihn, was ist da? Viele sagen: eine Wand, oder sie sagen, ein Baum. Aber sie sehen nichts.
Laufe ich dagegen mit einem Freund von mir die Straße entlang, der Maler ist und den schärfsten Blick hat, den ich kenne, dann ist es ein erlebnisreicher Ausflug, ich meine, es ist ein Abenteuer, weil er sieht.
Er entwirft ein Bild und teilt es mit mir.

Nach meiner Überzeugung gibt es eigentlich keine Realität. Was du siehst, ist anders als das, was dein Nachbar sieht, wer kann also die Realität für sich in Anspruch nehmen?
Nochmals: Sehen ist ein schöpferischer Akt.
Deshalb sehen manche Menschen und andere nicht.

Genauso, wie die einen Musik hören und die anderen nicht.
Ich glaube, ganz ähnlich halten es die Menschen mit ihren Augen. Sie interessieren sich nicht für das, was sie sehen, und verstehen es im Grunde nicht.
Sie benutzen ihr Sehvermögen, um nicht gegen einen Baum zu laufen oder in einen Graben zu fallen.
Mein Freund, der Maler, hat einmal gesagt, Malen bedeutete, dahinterzusehen.
Ich glaube, das gilt nicht nur für die Malerei.
Beim Sehen geht es immer darum, hinter die Dinge zu sehen. Hinter den äußeren Schein. Es gibt eine Welt hinter der greifbaren Welt.
Ich möchte die Menschen davon überzeugen, dass auch sie mit den Augen ihrer Seele sehen können.

UM ZU SEHEN, muss man sich vom unmittelbaren Augenschein lösen. Der Blick hinter die Oberfläche eröffnet einem die Welt, in der Schönheit mit Wahrheit verschmilzt.

Ich sprach einmal mit einem skandinavischen Architekten über die Eisberge in Grönland, und er erzählte mir, in seiner Jugend hätte er viele Jahre lang Fotos von Eisbergen in seinem Zimmer hängen gehabt, die eine wichtige Inspirationsquelle für seine Architektur geworden seien. Das ist schon sehr interessant, denn er hatte etwas gesehen, das anderen entgangen war – die Architektur eines Eisbergs.
Mit Geräuschen verhält es sich genauso. Kennen Sie den Komponisten Olivier Messiaen? Fast jeder hat schon einmal Vogelzwitschern gehört, doch Messiaen hat aus dem, was er in den Stimmen der Vögel hörte, eine ganze musikalische Welt erschaffen. Seit es menschliche Ohren gibt, hat niemand je gehört, was seine Seele durch sein Ohr geschaffen hat.

Als ich eines Tages Glenn Gould Bach spielen hörte, drang mir nur das Knarren seines Stuhls und sein leises Summen ins Bewusstsein. Mir gefällt das. Manche stört es, mich kein bisschen. Ich finde es überaus bewegend, auf Goulds

innere Musik zu hören. Es ist nicht Bach, es ist Glenn Gould. Selbst das Knarren seines Stuhls zeugt von Emotionen.
Auch mit gesunden Augen und Ohren kann man für Schönheit blind und für Musik taub sein, ich meine, unfähig, mit Hilfe der Sinne etwas zu erschaffen.
Nach meiner Erblindung wurde mir klar, dass ich eigentlich kaum einmal Musik gehört oder auch nur Menschen zugehört hatte. Ich war zu sehr damit beschäftigt gewesen zu sehen.
Ich liebte Musik, aber ich war kein Mensch der Musik. Ich war zu sehr mit meinen Augen beschäftigt.
Nachdem ich sie verloren hatte, entwickelte ich eine Leidenschaft für Musik.
Deshalb erklärte ich, als ich in dieses Rehazentrum kam, ich würde gerne Klavier spielen lernen.
Und ich habe auch damit angefangen, aber sie haben es einem auf ziemlich langweilige Art und Weise mit Brailleschrift beigebracht, sodass man immer eine Hand auf den Noten hatte. Wie bitteschön spielt man mit einer Hand Klavier? Dann hörte ich von diesem jungen russischen Professor in New York, und mit seiner Hilfe fing ich im Alter von fünfunddreißig Jahren an, Klavier zu spielen.
Es hat wirklich meine Seele befreit.

Klavier zu spielen ist viel besser, als Valium zu nehmen.

WAS GENAU IST SEHEN?

In dem Buch, das ich auf Bali geschrieben habe, setze ich mich ein bisschen damit auseinander, wenn auch nicht so stark mit dem Vorgang an sich. Ich beschreibe darin nur sehr genau, was ich sehe – innere Landschaften –, ohne viel zu erklären. Woraufhin ich all diese Randbemerkungen des Lektors zurückbekam: »Woher wissen Sie das?« Woher ich das weiß? Aber genau darum ging es in dem Buch!

Blindheit zwingt einen zu einer unerbittlichen Selbstkonfrontation. Sie zwingt einen, in sich hineinzusehen, und wenn es dort dunkel ist, sieht man nichts. Ich sehe innere Landschaften. Viele nehmen ihre inneren Landschaften nicht wahr, weil sie nicht nach innen blicken. Sie glauben, weil es im Innern ist, muss es dunkel sein, und folglich gibt es nichts zu sehen.

Ich habe über eine Reise in den Himalaya geschrieben und genau wiedergegeben, was ich dort gesehen habe – nicht mit den Augen, sondern mit meiner Vorstellungskraft. Meine Reisen spielen sich in der Fantasie ab, da liegt ihre Stärke.

Mein Buch wurde von einem Professor gelesen, einem Wahrnehmungsforscher. Er interessierte sich sehr dafür, wie das Gehirn sichtbare Eindrücke hervorbringt.

Professor Richard L. Gregory vom *Perceptual Systems Research Centre* des psychologischen Instituts der Universität Bristol befasste sich einmal mit einem Mann, der mit zehn Monaten erblindet war und sein Augenlicht mit dreiundfünfzig Jahren wiedererlangte. Er konnte nach der Operation zwar Bilder wahrnehmen, aber trotzdem nicht sehen. Oder anders gesagt, er verstand nicht, was ihm seine Augen vermittelten.

Sehen ist mehr als optische Wahrnehmung. Eine Kamera fängt optische Informationen ein, aber sie kann nicht sehen. Blindheit wirkt sich nachhaltig auf die Art und Weise aus, wie das Gehirn Informationen verarbeitet und die Weltanschauung eines Menschen gestaltet.
Man könnte sagen: Ein Blinder, der plötzlich sieht, wird blind.
Er empfängt visuelle Eindrücke, er ist verwirrt, statt zu sehen.
Einmal habe ich einen von Geburt an blinden Teenager gefragt: Wenn du morgen mit Hilfe einer einfachen Operation das Augenlicht erlangen könntest, wie würdest du dich entscheiden?
Er schwieg eine Weile, dann sagte er: Ich hätte Angst, dass die Bilder meine Vorstellungskraft beeinträchtigen.
Passiert nicht den meisten von uns genau das in einer Welt der visuellen Übersättigung?

Als man Dr. Gregorys Patient die Augenbinde abnahm, sah er, wie sich etwas auf sein Bett zubewegte, sich dann ein Loch darin öffnete und aus diesem Loch die Stimme seiner Frau kam, und so dachte er: Wie bitte? Das ist meine Frau? Und er ließ sich von ihr scheiden. In seinem Fall hatte das sichtbare Bild die Vorstellung zerstört.
Ihm missfiel nicht nur, was er sah, sondern er verstand es nicht.

Ich fragte diesen von Geburt an blinden Teenager auch: Kannst du dir das Meer vorstellen?
Er antwortete: nicht ganz. Ich kann mir die Wellen vorstellen, aber wie sich diese Wasserwüste im Unendlichen verliert, das ist schwierig. Unendlichkeit kann man sich schwer ausmalen, besonders, wenn sie auch noch in nicht allzu weiter Ferne am Horizont endet. Es ist leichter, sich das vorzustellen, was man mit den Händen, den Armen greifen kann, aber darüber hinaus ...
Professor Gregorys Patient hätte ganz gewiss seine Frau in den Armen halten können, und doch ...

TYPISCHE REAKTION BEI MÄNNERN: Erblindung kommt einer Kastration gleich.
Anfangs konnte ich es nicht glauben, aber für viele Männer läuft es tatsächlich mehr oder weniger auf das Gleiche hinaus.
Selbst in der Bibel findet sich etwas Ähnliches in der großartigen Geschichte von Samson. Wenn man diese Erzählung liest, stellt man fest, dass seine Blendung für ihn etwas von einer Kastration hat.
Oder nehmen wir Ödipus: Als er erkennt, dass er mit seiner eigenen Mutter geschlafen und mit derselben Frau, die ihn geboren hatte, Kinder gezeugt hat, schneidet er sich nicht etwa die Eier ab, sondern sticht sich die Augen aus.
Beim Mann besteht eine enge Verbindung zwischen der funktionellen Blindheit des Gehirns und einer Kastration.
Ich kannte einen Mann, der in Bezug auf seine Frau rasend eifersüchtig war, sich aber nichts dabei dachte, wenn ich mit seiner Frau allein in einem Zimmer war oder sogar in ihrem Haus schlief, wenn er nicht da war.
Denn, nun ja, von da droht keine Gefahr.
Ich fand das ziemlich seltsam.
Ich bemerkte ja, wie eifersüchtig er auf jeden anderen war, mir gegenüber blieb er jedoch völlig gelassen.

JA, ICH HABE DAS GEFÜHL, etwas verpasst zu haben.
Ich würde – definitiv – lieber sehen können, und wenn mir morgen jemand sagt, es gibt eine Möglichkeit, dann greife ich ganz bestimmt zu.
Ich denke, die Blindheit hat mein Leben wesentlich komplizierter gemacht.
Andererseits versuche ich auch, sie als eine Art Yoga zu benutzen.
Doch das gelingt mir nicht immer.
Manchmal bin ich sehr erschöpft.
Ist man erschöpft und erreicht nicht, was man will, wird man depressiv.
Und dann muss man auf der Hut sein.
Den Kopf von allen negativen Gedanken freibekommen, denn sie sind zu gefährlich.

Seit ich erblindet bin, haben zwei sehr enge Freunde Selbstmord begangen, die nie verstanden hatten, wieso ich es nicht tat.

Selbstmord? Nein. Man hat die Aufgabe, weiterzuleben – und man hält sich besser daran, peinlich genau und so schmerzhaft es auch sein mag.

Einer meiner Freunde war heroinabhängig. Er starb vor vier Jahren mit dreiundfünfzig an einer Überdosis.
Ein großartiger Maler, ein großartiger Künstler – sehr erfolgreich, mit einer wunderbaren Frau und einer bezaubernden Tochter.
Er konnte nicht verstehen, wieso ich kein Heroin nahm.

Ich kann mich sehr gut an Rothkos Werke erinnern. Vor der schwarzen Periode am Ende schuf er Gemälde, die in vollkommener Weise Licht und Stille verherrlichten. Sie waren spirituelle Visionen (was auch immer man unter diesem Begriff verstehen mag: spirituell, ein Wort, das mit Vorsicht zu genießen ist).
Die Kapelle, die er in Houston gebaut und gestaltet hat, besitzt eine starke Leuchtkraft. Man versteht nicht genau, woher das rührt, aber man ist in einem Tempel, einem Bau, der Spiritualität hevorbringt. Und was ist aus Rothko geworden? Er hat sich zu Tode gesoffen. Als er mit der schwarzen Periode begann, war er praktisch schon im Delirium. Damals sagte ein sehr guter Freund von mir: Es ist schrecklich, wie er sich umbringt.
Wieso er trank, kann ich nicht sagen.
Wieso zerstören sich Menschen? Wieso begehen sie Selbstmord? Wieso habe ich, während ich das alles durchmachte oder auch danach, nie an Selbstmord gedacht?
Ich weiß es nicht.

Ich habe das Gefühl, die einzige Sünde, die es gibt, ist die des Judas, der Jesus für dreißig Silberlinge verkaufte und sich dann in seiner Verzweiflung erhängte.
Das ist die absolute Sünde, die Versündigung am Leben.

DIE NÄCHTE ZERBRÖSELN.
Es ist offensichtlich, dass ich das Abenteuer, das befreit und Antworten liefert, nicht mehr in gleicher Weise suchen kann wie zuvor. Außerdem musste ich mich so oder so ändern, wenn ich keinen Stillstand wollte. Abenteuer ist Auflehnung, das Gegenteil von Hoffnungslosigkeit, das Gegenteil von Zynismus.
Unter Abenteuer verstehe ich alles, was die Wertschätzung für das Leben aufrechterhält. Keine Verletzung außer dem Tod ist irreparabel.
Wenn man die *conditio humana* sieht, wie sie ist, wenn man ein wenig klaren Verstand hat und Abstand zu sich selbst, dann gibt es nichts Tragisches – es ist nichts weiter als die Situation des Menschen.
Was mir widerfährt, das widerfährt der ganzen Menschheit.
Und was in den Kriegen, in den Gefängnissen, in den Folterkammern der Welt geschieht, das stößt mir als Individuum zu.
Die Verwirklichung seiner selbst, darum geht es bei dem Abenteuer. Sein Schicksal zu erfüllen. Eins zu werden.

Egal, was wir machen, es besteht immer Hoffnung auf Erlösung.
Wenn ich die Hoffnung verliere, begehe ich Selbstmord.
Haben Sie Primo Levi gelesen? Er kam nach Auschwitz, wo es unmöglich war zu leben, und doch hat er dank seines außergewöhnlichen Instinkts, seiner großen Charakterstärke und dank seines Kampfgeistes überlebt. Nur sehr wenige überlebten, doch er wusste etwas, worüber er nicht schrieb; er wusste etwas, ohne das er nicht hätte überleben können.
Er wusste, dass man ohne Gott leben kann, aber nicht ohne den *Menschen* – das heißt, ohne an den Menschen zu glauben.
Und dann hat er – viele Jahre später – doch noch Selbstmord begangen.

Wieso will man leben? Wieso will man sterben?

Ich glaube, solange man morgens voller Hoffnung aufwacht, ist man in guter Verfassung. Wenn man morgens aufwacht und sich am liebsten nur auf die andere Seite drehen will, um weiterzuschlafen, ist man in großer Gefahr.
Und manchmal passiert das auch mir.

AM LEBEN ZU VERZWEIFELN heißt, nicht zu wissen, was das Leben für einen bereithält. Zum Beispiel Erlösung – nicht im religiösen, sondern in einem vitalen Sinne.
Plötzlich fand ich mich in einem Krankenhausbett wieder und glaubte, mein Leben sei vorbei. Und zehn Jahre später entwarf und inszenierte ich in Warschau ein Ballett. Ich hätte nie gedacht, dass das Leben sich noch einmal so wenden würde.

Viele glauben, meine Erblindung sei ein schrecklicher Einbruch in meinem Leben gewesen. Aber nein, es ist kein Einbruch – das Leben ging weiter, nur anders.
In meiner physischen Verfassung hat es einen Einschnitt gegeben, sicher, aber nicht in meinem Schicksal. Es ist *mein* Schicksal.

Ich hätte nie gedacht, dass ich nach meiner Erblindung noch einmal etwas so Visuelles wie dieses Ballett gestalten würde. Ich schuf ein Ballett, einen *Pas de Deux*. Ich schrieb die Geschichte, entwarf das Bühnenbild und suchte die Musik aus, um sie zu mischen und daraus einen Soundtrack zu kreieren. Und dieses Ballett wurde in der Warschauer Oper getanzt. Für mich war es etwas Unglaubliches, eine Aufführung für die Bühne zu schreiben. Als ich mich daranmachte, kam mir nicht der Gedanke: Das wird schwierig werden. Nein. Ich machte es einfach für diese Freundin, die Balletttänzerin ist, und zwar eine brillante, weshalb sie zu internationalen Festivals eingeladen wird und dort tanzen kann, was sie will.

Also sagte ich: Du übernimmst die Choreographie und ich das *argument*, wie das auf Französisch heißt, also das Thema – einfach so zum Spaß. Ich wollte damit nichts beweisen, es war einfach nur eine tolle Sache.

Nachdem ich das Thema geschrieben hatte, entwarf ich das Bühnenbild, das von einem Gemälde Hoppers mit dem Titel »Hotel by the Railroad« inspiriert war. Nun ja, ich brauchte jemanden, einen Statisten, der auf der Bühne einfach nur an der Bar saß. Da ich niemanden fand, setzte ich mich am Ende selber dorthin – ein überwältigendes Erlebnis: ich vor diesem Ungetüm, dem Publikum. Auch wenn ich es nicht sehen konnte, spürte ich doch seinen Atem – übermächtig! Es sieht einen mit tausend Augen an, und du erwiderst den Blick mit deiner Seele.

So seltsam es klingen mag, aber ich muss sagen, dass die Erblindung mein Leben nicht allzu sehr verändert hat.

Ich hatte mit einer drastischen Veränderung gerechnet, doch das ist tatsächlich nicht der Fall.

Es führte dazu, dass ich mich noch energischer bemühte, meine Ziele zu verwirklichen.

WIR SUCHEN ALLE nach einem Sinn des Lebens.
Und der Sinn des Lebens *ist* das Leben.
Hat man das erst einmal verstanden, kann man es locker nehmen.

Es ist nicht der Sinn des Lebens, in die Wohnstatt Gottes einzukehren.
Ewigkeit ist jetzt.

Es gibt keine Zukunft. Die Zukunft ist jetzt.

Der Sinn des Lebens ist das Leben.

Wenn man sich mit Quantenphysikern unterhält, dann erzählen sie einem von einer planckschen Wand oder Membran, die eine Milliardstel Sekunde nach dem Urknall (wenn es ihn denn gab) entstand. Wir wissen das nicht so genau.
Hinter dieser Wand verschwindet nicht nur der Raum, sondern auch die Zeit.
Man kann sich kein Universum ohne Raum vorstellen, in dem es auch keine Zeit mehr gibt.
Das kann das Gehirn nicht fassen.

Doch es hat etwas zu bedeuten.
Dass die Zeit vermutlich nicht existiert.
Dass die Ewigkeit jetzt ist.

Am Ende muss man sich geschlagen geben.
Man muss sich dem Alter beugen. Das Alter ist ein Feind, gegen den man nichts ausrichten kann.
Denn es ist nicht leicht, alt zu sein, aber alt und blind, das kann ziemlich zermürbend sein.

Sauge das Leben auf, solange du kannst, denn am Ende muss sich dein Körper wie bei jedem anderen auch geschlagen geben.
Wenigstens dein Geist kann triumphieren, unabhängig sein.

DIE TATSACHE, dass ich mein Augenlicht verloren habe, mag aufsehenerregend sein, doch es gibt noch viel schrecklichere Dinge.

Neulich nahm ich ein Taxi.

Der Fahrer, ein schmächtiger Mann, kam aus Kambodscha, und auf sehr freundliche Art und Weise fragte er mich: Was ist Ihnen zugestoßen? Sind Sie nur krank und Ihre Augen erholen sich wieder?

Und ich antwortete: Vorerst ist es für immer.

Er sagte: Mir fehlen die Worte, um Ihnen zu sagen, wie ich mit Ihnen fühle.

Ich sagte: Das ist sehr liebenswürdig von Ihnen, aber wissen Sie was? Es ist schön, dass man sehen kann, was mir fehlt, sodass Sie mir Ihr Mitgefühl zeigen können, dabei gibt es Menschen, die viel schlimmer verwundet sind als ich, nur dass man es ihnen nicht ansieht und sie kein Mitgefühl bekommen.

Eine Weile verstummte der kleine Mann, dann sagte er: Monsieur, ich verstehe sehr gut, was Sie meinen, denn in Kambodscha haben sie meine Frau und meine vier Kinder vor meinen Augen getötet.

Da war er also und fuhr mit seinem Taxi durch Paris – mit dieser klaffenden Wunde, die niemand sehen konnte.
Man kann das nicht vergleichen.
Das ist unendlich viel schlimmer.

WIESO ICH REISE?

Wieso ich mir immer noch die Welt anschaue?

Ich kann es nicht sagen. Zweifellos fühle ich mich zum äußeren Licht hingezogen, weil es innen immer noch ein wenig dunkel ist.

Ich hoffe, dass ich es eines Tages nicht mehr brauche.

Und ansonsten wird man sehen.

DANK AN

Laure de Gramont, ohne die dieses Buch nicht existieren würde,
Judith Curr, die die Idee für dieses Buch hatte,
Peter Borland, den geduldigsten und engagiertesten Lektor der Welt,
und alle, die mir auf meinem Weg ins Licht die Hand gereicht haben.